ROBERT
MAXIMILIAM

ROMAX

EL CAITE DE
JUDAS

Edición 2018 – Amazon.

ROMAX «EL CAITE DE JUDAS»

ISBN 978-1-988475-66-0

Romax

es

Una historia de amor

"Los sueños nunca mueren, quizás duermen o se esconden pero al final despiertan y comienzan a volar. El amor de un sueño...es eterno."

Robert Maximiliam

Esta obra está dedicada con mucho cariño a:

Maximiliano Lemus Juhl, mi padre, porque siempre creyó en mi;
Victoria Rivera, mi madre, porque nunca supo que la amaba tanto;
Jesús Rivera Díaz, mi abuelo, porque me hizo volar con sus cuentos.

«Todos los personajes y nombres o sobrenombres son producto de la imaginación del escritor, cualquier parecido, es coincidencia. Mil disculpas a toda persona que se sienta señalada o interpelada por mis personajes»

Robert Maximiliam

INDICE

Prefacio

Romax, una historia de amor, está constituida en tres partes: la niñez, la juventud y la edad adulta del personaje. Cada una de ellas nos muestra una faceta diferente del individuo y su crecimiento tanto físico como espiritual.

Esta historia de amor comienza con el nacimiento de un joven salvadoreño en las montañas de la cordillera de la Sierra Madre, en Ahuachapán, a inicios de los años sesenta. En su lugar natal, crece libre y soberano hasta los cuatro años de edad. Allí, los animales y las plantas son sus mejores amigos de juego. Su abuelo aparece como un personaje muy especial porque a través de sus cuentos le ayuda a desarrollar su imaginación, que se convertirá en una base fundamental para su futuro. Luego, el deseo de superación del padre impulsa a la familia a realizar un cambio en su vida, se ve obligada a comenzar de cero; su padre, profesor de primaria, recibe un traslado a un pueblecito llamado "La Hachadura", lugar ubicado en la costa y que sirve de frontera territorial con Guatemala.

En su niñez, Romax se gana a pulso el sobrenombre de "caite de Judas"; esto por su carácter rebelde y explosivo. Siempre quiso hacer las cosas de manera diferente, en la aventura encontró la valentía y el deseo de ir más allá de lo posible, y en la imaginación, la libertad de ser él mismo.

Al inicio de su juventud, un hecho importante lo marca para siempre y le hace cambiar totalmente su manera de ser. Sus padres mueren en un accidente de tránsito. A partir de ese día, Romax deja de ser el mismo. Frente a su madre muerta no llora una sola lágrima, pero le asegura que él no es un mal hijo y le promete proteger a sus hermanos menores. A su padre, en cambio, le promete que no lo defraudará, que toda la confianza que le había puesto era justificada, que llegaría muy lejos, que sería un profesional universitario. Desde ahí, Romax se convierte en un ejemplo a seguir, un apoyo en el hogar y un guía para sus hermanos. Su único problema fue quedarse solo, ya no tenía a su mejor amigo, su padre. Por eso, y recordando las charlas con él, nacen las mariposas de papel como espinas del alma que necesitan salir a volar para dejarlo en paz. La guerra armada que vive su país, El Salvador, no le impide alcanzar su objetivo principal, graduarse de licenciado en administración de empresas. Siguiendo sus pasos, sus hermanos también logran estudiar en la universidad, pero este mismo hecho, ser universitarios, provoca que los militares sospechen de ellos y los lleguen a considerar como una célula guerrillera. Los constantes allanamientos que sufren los impulsan a pedir asilo político en la embajada de Canadá. Por eso, a principios de los noventa, Romax y sus hermanos dejan su país de origen para comenzar una nueva vida.

Nunca un cambio es fácil de adoptar, siempre trae inconvenientes. Romax, al llegar a la ciudad de Montreal, cae en un vacío espiritual que lleva a poner en tela de juicio todos sus argumentos y principios. Sus hermanos, que ya son todos adultos, lo bajan del caballo; es decir, le piden cariñosamente que deje de seguir tomando todas las decisiones de la familia en su lugar. Así, Romax, en cierta manera, al no haberse preparado para ese día, se queda de la noche a la mañana sin metas ni objetivos en la vida. Luego de cierto tiempo, un hermano menor se casa y su hermana mayor se va para los Estados Unidos donde también contrae nupcias.

Su búsqueda personal lo lleva a preguntarse por qué sus padres lo bautizaron y que significa la religión en su vida. Estudiando día y noche el francés, idioma de la provincia de Québec, donde vive, le nace el deseo de escuchar hablar español y de ver gente latina. Así, un día descubre la existencia de una parroquia, "Nuestra Señora de Guadalupe", donde se ofician misas en español para la comunidad latina de Montreal. De ese modo, comienza a frecuentarla los domingos, allí conoce personas que se reúnen en el sótano, después de las misas, para comer platos típicos latinos como: pupusas, tamales, empanadas argentinas, chilenas y venezolanas, anticuchos peruanos, gallo pinto costarricense, la sopa de caracol de honduras, etc. Una de estas personas, la madre de un amigo, le invita realizar un retiro de tres días, todo pagado. Después de tanto insistir, éste acepta con la idea de quitársela de encima, hace todo lo imposible por no asistir, pero la madre del amigo no le da escapatoria y termina yendo contra su voluntad.

Aquí comienza la otra etapa de Romax, encuentra a un amigo y se descubre como la persona que es: un hombre de corazón; aquel que se deja guiar por sus sentimientos. Poco a poco encuentra un nuevo sentido a su vida, sus hermanos han dejado de ser el centro de atención. Su caminar lo dirige hacia los demás: niños, jóvenes y adultos. Quiere que todos encuentren al amigo que él encontró para que su vida sea más feliz y es así como se vuelve catequista.

Romax recupera la juventud que había perdido, como si tuviera diez años menos, y su forma de ser se ilumina como la de un pequeño. Los poemas se vuelven canciones y nace la otra faceta de Romax, el cantante. La novela Romax sigue haciendo su camino en el corazón del joven y es hasta principios del nuevo siglo que se presenta un deseo más fuerte por escribir algo que pueda combinar todas las facetas del autor: el cuento, la poesía, la narración, las canciones y las fábulas.

Romax nace como una exigencia del corazón, con el deseo de dejar plasmada una historia que a pesar de todas las cosas negativas que pudieron haber pasado, al final tiene un balance positivo, es una historia de amor. En verdad, nadie sabe si Romax llegará a ser la persona especial que decía el abuelo, pero, si se ve con el corazón, la mariposa azul ha aparecido. Ésta confirmó su presencia y consumó su mandato al posarse en las manos del chico; le dijo a viva voz que él era alguien especial para los ojos de Dios. La mariposa llegó de una manera inesperada en la persona de madame "Marie Papillon" que en español significaría: María Mariposa.

Romax es la expresión de veinte y cinco años de vida en solitario; fue acumulándose, gota a gota, entre las páginas de sus libros para formar un río de agua viva que al desbordar reclamó su presencia. El autor simplemente tiene el sueño de ofrecer al mundo un poco de su amor por la vida y una pequeña luz para aquellos que, de alguna manera, se sienten perdidos en el inmenso oscurantismo en que la sociedad actual nos inmerge.

Esta obra es un recital de aventuras envueltas en la magia de la vida que paulatinamente va transformando al protagonista en una persona especial. Éste aprende a descubrir la esencia de su ser al encontrarse como persona, no sin antes luchar contra sus propios demonios y vencerlos a la luz de su verdad.

Romax es, en otras palabras, esa imagen que representa a cada persona y su lucha por encontrar el verdadero sentido de su existir. Por eso, nuestra vida es una historia de amor que escribimos con nuestra propia tinta y en el pergamino de nuestra alma. Cada uno de nosotros somos los constructores de nuestra historia.

«Nunca es tarde para comenzar a aprender y nunca es temprano para cometer errores. La bondad de la vida está en que siempre nos da una oportunidad para poder enmendarnos.»

Robert Maximiliam

EL CAITE DE JUDAS

(Primera parte)

"Aquel que quiso ser diferente a los demás y, buscando la diferencia, se encontró consigo mismo"

Robert Maximiliam

Prólogo

En un lugar olvidado de la montaña "Mont Royal" en Montreal, Canadá, Romax se pierde entre sus pensamientos y su nostalgia. Bajo sus pies, la carretera que corta la montaña en dos; frente a él, un mar de cruces yacen inertes, hay un cementerio. A lo lejos, se vislumbra la cúpula del Oratorio de San José saliendo de los montes y la silueta del río San Lorenzo danzando caprichosa. Poco a poco, los aviones van llegando, uno a uno, como dulces palomas blancas que traen en su vientre a los viajeros que vienen del sur. Esa tarde, el cielo se viste entre amarillo y anaranjado, musitando versos románticos que añoran corazones lejanos en algún lugar de su pasado. El sol, por su parte, pone su mejor poema en el atardecer y pinta otra obra maestra en los ojos de aquellos que buscan un nuevo amanecer.

El frío comienza a sentirse cada vez más penetrante pero la belleza de ese instante hace olvidar por un momento que se está en primavera. Nace fulgurante un eco de nostalgia que lo lleva al pasado lejano, lleno de recuerdos poblados de momentos mágicos que han quedado como huellas imborrables en su memoria. Los ojos de aquel hombre se llenan por un momento de alegría y una lágrima inquieta quiere salir al borde de sus párpados pero se queda quieta, como queriendo retener en su alma la bondad de una maravilla. Su mirada se pierde entre la belleza de la tarde y la lejanía de una melancolía, saliendo de sus labios entre abiertos palabras coquetas que apenas percibe el silencio.

" Si pudiera en este momento volver a mi pasado, le pediría a Dios estar sentado junto a mi padre en aquella roca, frente a las costas del mar pacífico, o si pudiera traer a mi padre hasta mi presente para estar aquí a su lado disfrutando de esta maravilla, estoy seguro de que su alma se llenaría de gozo, como yo me estoy llenando de amor este día…"

Romax sacó del bolsillo de su pantalón una servilleta de papel que tenía en su esquina el logotipo de una cafetería llamada "Second Cup", la segunda taza, buscó su lapicero color púrpura en su chaqueta y se dispuso a escribir un poema dejándose guiar por el corazón.

Según él, estos poemas eran espinas que arañaban el alma y que pedían a gritos un poco de libertad. En esta ocasión, adornaría la página trasera de su libro para volar libremente en el universo de la literatura. Un sueño despertaba y en él expresaba su gran amor por la vida.

"La grandeza de sentirme vivo"

Abro mis brazos al tiempo queriendo abarcar con mi alma
la grandeza de sentirme vivo,
Cierro mis ojos a la luz para atrapar en mi ser la bondad
de sentirme parte de este mundo,
Respiro profundo el aire para llenar mis pulmones de energía
y sentir entre mis entrañas el perfume de la paz,
Callo para apreciar el silencio que se abre a mi pensamiento
y disfrutar gota a gota el beso que me da la libertad.
Pienso y repienso,
lindos momentos desfilan en mi pensamiento.
Vuelvo por un instante a ser niño inquieto y travieso,
Me vuelvo beso en las alas de un verso
buscando alegremente los brazos de mi padre
y la sonrisa discreta de mi bella madre
que me esperan como se espera la primavera,
que me aman a pesar de mis quimeras.
Callo en mi silencio viéndome crecer insistentemente…
¡Cuántos años han pasado!
¡Cuántas aventuras hemos vivido!
y, al final…
La vida nos ha colmado de bendiciones todas nuevas.
Sería injusto reclamar algo diferente.
Pues, al ver hacia atrás, puedo ver que la mano de Dios
siempre estuvo a mí alrededor.
Cómo no agradecer el haber tenido la amabilidad
De tomar entre sus manos
el cuidado de mi tesoro más preciado... mis hermanos.

El día había dejado paso a la noche y las primeras estrellas comenzaban a aparecer en el cielo. ¡Hoy será una noche estrellada! —Pensaba Romax. No había ninguna nube y todo se vestía de hermosura. ¡Lástima que desde la ciudad no se puedan apreciar por las luces! —Se lamentaba. ¡Cómo me gusta ver las estrellas! —Sonreía y pensaba placenteramente. Pero su corazón le recordaba que cada vez que hacía referencia a un cielo hermoso sucedía algo especial. Callaba y un silencio nostálgico le colmaba el pecho. Dejando escapar su mente en el silencio, se perdía entre las estrellas para buscar en ellas una doncella que aceptara su compañía.

1.1. En una ciudad llamada Montreal

En una de las librerías del centro de la ciudad tiene lugar la venta del libro "ROMAX, una historia de amor". El creador de la obra se presenta en el lugar para cerciorarse si su novela verdaderamente ha salido al mercado para su venta al público.

Romax, un poco nervioso, es uno de los primeros en llegar a la librería. Ésta acababa de abrir. Él se desliza sigilosamente como no queriendo ser descubierto, como deseando pasar inapercibido. Poco a poco se pierde en medio de un laberinto de libros buscando entre alegre y nervioso su obra. La busca sin éxito y la ansiedad comienza a mostrar su nariz. ¿Qué pasará? ¿La abran traído? ¿Me habré equivocado de día? —Se cuestionaba un poco inquieto. De repente, en la distancia, alguien le llama la atención. Una joven está colocando unos ejemplares sobre un estante frente a la calle. Se acerca a ella con paso de ladrón, suave y sin perder la vista de su objetivo. El corazón comienza a palpitar cada vez más rápido, una taquicardia muestra su color. ¡Cálmate! ¡Contrólate! No es el momento de caer enfermo. —Se auto motivaba. La chica, sin querer, le muestra rápidamente la portada del libro y el joven atrapa la imagen en un vuelo de pájaro. "¡Cómo no reconocerlo!" —Se dice así sonriendo. Esa portada la tengo en mi mente desde hace años. —Esboza un gesto de complacencia. "¡Ahí está!", se dice con cierta ansiedad. Se acerca y pregunta a la vendedora:

—¿Estos son los nuevos libros a la venta?

—Sí, le responde amablemente.

Él toma un ejemplar y se le queda viendo con los ojos de un enamorado.

—¡Ese está muy bueno!, comenta en la distancia la muchacha.

—¡De verdad!, agrega él con una sonrisa.

—Sí, lea la parte de atrás y verá que el poema que tiene es muy hermoso. ¡Lástima que no lo he leído aún!, pero el editor dice que tendrá muy buena aceptación del público cuando lo descubra. Apenas he leído el prefacio y me gustó mucho. Creo que será mi próximo libro a leer, le sonríe graciosamente. Él dice que esta obra será un "best seller", uno de esos libros que no deben faltar en ninguna biblioteca. ¡Es un escritor nuevo!, me va decir usted, agrega la muchacha con una sonrisa coqueta, pero tenga en cuenta que los mejores comenzaron de cero alguna vez. ¡Léalo y verá que tengo razón! Este editor raras veces se ha equivocado.

"Con este tipo de servicio si se venderán muchos", piensa Romax para sí mismo. Luego, cuidadosamente le da vuelta al libro y ve la mariposa azul queriendo salir de la portada trasera dando un toque de libertad y belleza al poema que se encuentra ahí.

Mientras lee el poema, como quien saborea un manjar: palabra por palabra, letra por letra. Su pensamiento se escapa como la mariposa azul a las montañas de su infancia querida, llenando de ternura y verso su rostro, enmudecido por la emoción de ver realizarse su sueño. En un instante de vacío espiritual, aparecen como estrellas en sus ojos algunas preguntas sin respuestas que dicen mucho de su mundo y su pasado.

"¿Qué diría mi madre al verme hoy en día?", sonreía. "Y mi padre: ¿cómo se sentiría hoy?, seguramente me daría una palmada en el hombro y me diría: ¡Bravo!, veo que lo has logrado." Sus ojos se llenaron de agua.

"¡Qué dirían aquellos que me conocieron de pequeño!, no lo creerían simplemente. ¡Y ese que no es el caite de Judas!, diría mi tía." Sonríe con un toque de orgullo en su boca.

Luego aprieta con sus manos el libro, con fuerza y emoción, y dirigiéndose a la chica con el rostro le indica que lo comprará. La cajera le recibe el dinero y mete el libro en una bolsa de plástico. Romax, para estar seguro de la compra, lo saca y con el libro en su mano derecha se dirige a la puerta de salida de la librería. Con la mano izquierda abre la puerta de vidrio y al abrirla, un momento mágico aparece: la mariposa azul se despega de su libro y comienza a volar en dirección del cielo. Romax emocionado no le desprende la mirada y se escapa con ella, perdiéndose en el azul del cielo canadiense. Y su mente comienza a recitar un antiguo poema que hablaba sobre la libertad.

``Alzo mis alas al viento,
dejando mi alma en libertad.
Quiero ser como el silencio
que busca sin preguntar,
que camina sin mirar,
que encuentra sin pregonar.
Las maravillas de la vida
me han enamorado el soñar;

son sus encantos una novela
que merece la pena volver a contar.
En mis alas llevo mis penas y alegrías,
dos azucenas y un alacrán,
y para cuando llegue el final del día;
veré sin cuidado la tarde sin mucho afán.
Hoy quiero dejar mi alma volar,
que se escape con la libertad de un sueño,
ya no me siento su dueño
pues perdí entre mis manos su cantar.
Se me escapó como el agua entre los dedos,
como un cometa al cerrar mis ojos;
Se fue buscando sus antojos
para ser de mí un laberinto de enredos.
Alzo de nuevo mi cara al viento,
esperando su mirada atrapar,
cediendo a la tentación del tiempo
de volver a tenerle, sin pedirle nada más
que su compañía como mi más fiel melodía.``

En sus ojos se podía ver como se perdía en la lejanía de un recuerdo,
se pintaba maravillas sobre una tarde viendo el mar; se vistió de púrpura
la tarde y se enmudeció la distancia al escuchar, en su nostalgia, la voz de
su padre pregonando las melodías de un soñar.

``¡Nunca dejes de soñar!
La vida es demasiado linda para perderse en el pasar,
demasiada rápida para olvidarse de respirar,
demasiada hermosa para no ver su caridad,
demasiada frágil para romper su dignidad.
¡Hay que ver siempre a la distancia!
No sea que lo presente te nuble el mirar,
que tus pies te puedan hacer tropezar,
que tu espalda te llame sin razón,
y que el corazón no te deje avanzar.
¡Vuela como un gorrión!
Enamórate de la vida,

canta sin poner atención,
da lo mejor de ti en cada ocasión,
bebe del aroma del amor
y llora cuando te encuentres solo, sin razón.
¡Se el verso de un poema!
Un verbo en la frase de un presente,
no un sinónimo en el eco de un ausente.
¡Pon tus huellas en la arena de la vida!
Que el mundo reconozca tu valor,
que el futuro te recuerde con armonía
y que la sinfonía del recuerdo te ofrezca su canción.
¡No dejes de soñar!
En los sueños está la libertad del hombre,
En su camino, la felicidad de la vida
y en su meta, la sonrisa del que llegó a un final;
porque comprendió que siempre se vuelve a comenzar.``

1.2. En la cumbre de las montañas

Era mediados de enero, la tarde se ponía fresca y el horizonte se vestía de anaranjado. Desde la cumbre de la montaña se podía apreciar cómo el horizonte se unía con el mar y cómo el sol, poco a poco, se iba despidiendo de la superficie de la tierra. En su despedida, el cielo cambiaba de colores a medida que los antojos de los rayos solares tocaban las nubes que en ese momento rendían tributo a la tarde. Las olas pintaban pequeñas líneas blancas que se desvanecían sobre la arena y los barcos que se introducían al océano, en la distancia, parecían pequeños juguetes de cartón. Los cañaverales y algodonales que se cultivaban en la planicie estaban en flor, parecían pañuelos blancos en medio de un tapiz verde que se besaba con el mar.

Cada tarde, como de costumbre, el padre de Romax se sentaba sobre una inmensa roca que sobresalía de los árboles. Era un hermoso parador natural y desde ahí se ponía a contemplar el caer de los atardeceres, viendo dormirse el sol sobre el ancho mar. Lo bello del paisaje le provocaba dejar escapar sus más hermosos pensamientos que se perdían como gaviotas volando sobre las olas en la inmensidad azul que se desvanecía frente a sus ojos.

"Si pudiera retener en mi mente cada detalle de esta hermosura, estoy seguro de que en mis momentos de tristeza los pudiera sacar a volar". Se decía estupefacto contemplando la magia que le producía esa postal natural. Cerraba sus ojos e intentaba mantenerla en su memoria sonriendo cálidamente.

Luego, en un arranque poético, dejaba que su corazón volara libre. Su boca suavemente comenzaba a murmurar palabras del alma que buscaban cobijo en alguna nube viajera:

Desde aquí veo el perfil de las montañas
que se elevan imponentes frente a la inmensidad del mar.
¡Cuánta caridad en ese su dulce mirar!
como la caricia de una nueva mañana.
¡Cuánto anhelo dejan estas huellas en mi memoria viva!
marcando el tiempo que he vivido aquí arriba,
volando a veces como los azacuanes
que atraviesan el litoral, de norte a sur, buscando anidar sus oraciones.

Hoy me lleno el espíritu con este atardecer fosforescente
Que se perfila en mi mente
besando las arenas del tiempo,
Y ese sol otoñal de un cuento
que toca el horizonte radiante de hermosura,
pinta sus labios de un carmín encendido y cálida locura.
No se si volveré mañana
a ver de nuevo mis queridas montañas,
A contemplar desde este trono de roca blanca,
La paz inmensa que me da el mar comulgando con la playa amada,
Y la silueta viva del recorrer del río Paz
buscando llegar a besar de nuevo su gran amor.
Me llevo en el baúl de mi estadía
en estas montañas mías,
la casita de madera que anidó mis semillas,
donde han nacido mis retoños de amor en primavera,
donde dejo por siempre parte de mi vida.
Se quedarán esperando las ramas de los árboles
que cuidadosamente cortaba cada fin de verano,
hablo de los mangos, los naranjos, los sapotes y los limones;
Amigos del tiempo que comieron de mi mano.
El almendro, el nance, los jocotes y los anonos recordarán
como cada mañana, al despertar el alba, mis hijos se precipitaban
para recoger los frutos que en el desayuno disfrutaban
o simplemente que servían en el transcurso del día
como la merienda que llenaría su estómago de alegría.
Recordaré nostálgico el caminito que me conducía
de mi casa a la escuelita blanca con su viejo amate,
cuantos recuerdos tejidos con el tiempo en mi matate
callan pensativos saboreando su melancolía.

Sale de su rostro una sonrisa entre triste y alegre, dejando entrever la nostalgia de un presente que hay que dejar y un futuro que hay que emprender. En la distancia, una voz conocida interrumpe el silencio que se había establecido entre el pensamiento y la mente.

"¡Papi! ¡Papi!" —Corría muy contento directamente hacia él un niño.

Sentado al borde de la roca, él, al reconocer la voz de su hijo, voltea su rostro cariñosamente y extiende los brazos para aceptar el pequeño bólido que lo buscaba ansiosamente.

—¡Romax! ven. —Salía de su voz como una invitación a descubrir una maravilla.

—¡Papi! ¿Qué haces aquí? —Preguntaba entre contento y extrañado el pequeño.

—Mira y luego comprenderás. —Respondía con una sonrisa mientras lo tomaba y lo colocaba sobre sus piernas.

—¡Guau! —Exclamaba extasiado y sorprendido al descubrir como el horizonte se vestía de algarabilla al unirse cielo y mar.

Sus ojos se llenaban de alegría y, sin saber cómo expresarla, se queda callado observando el paisaje. Padre e hijo se unen en un mismo sentimiento albergando en sus almas dos manifestaciones diferentes: uno, inocente queriendo atrapar un presente y el otro, nostálgico saboreando los últimos instantes de un presente que quizás no volvería a ver.

—¡Papi! ¿Por qué nos vamos para el valle mañana? A mi me gusta vivir aquí en las montañas, preguntaba y agregaba con una inocencia total.

—¡Es necesario que nos vayamos, hijo! porque me han trasladado a la escuela del valle y, si no nos vamos, yo no los podré ver todos los días. Tu mami, tu hermanita y tú, estarían solos en casa porque está lejos para venir todos los días.

—¡Ah! ¿Y nos iremos todos? ¿Y mi abuelito, se irá con nosotros? —Pregunta angustiado, casi como queriendo llorar.

El padre lo observaba y de una manera dulce agregaba para calmarlo: él tiene su casita aquí, también tiene sus animalitos y los arbolitos. Si se va con nosotros ¿quién los va a cuidar? Ellos necesitan de muchos cuidados.

—¿Pero nos llevaremos nuestros animales, verdad? —Responde como para afirmar una interrogante.

—¡Claro que sí! "Troski" de seguro será el primero que saltará en la carreta, los perros siguen a sus amos por donde sea, pero las gallinas, los patos, los pollitos, los pericos, los chumpipes y los pichiches, los atraparemos en la noche para meterlos en la jaula. En Relámpago nos iremos montados tu hermanita, tu y yo. Los niños sonrieron porque les encantaba andas a caballo, pero Romax un poco preocupado preguntó curioso:

—¿Y mi mami?

—Ella se irá en la carreta con la Josefa (la sirvienta que ayuda en la casa y cuida a los niños). Ellas irán más cómodas junto con las otras cosas de la casa.

—¡Papi! ¿Y cómo es el valle?

—El valle es muy bonito porque es muy plano, casi no hay cerros pero si hay montañas, también hay más gente y un gran río donde uno va a nadar y a pescar. ¡Verás que te gustará! —El niño acepta la respuesta del padre y se queda callado porque algo le ha robado la atención. De repente expresa con tono admirativo:

—¡Mira papi, están saliendo las estrellas! ¡Qué bello se está poniendo el cielo! Allá están los siete cabritos, la estrella de Belén y la cometa. ¡Guau! casi las puedo tocar, extiende sus manitas hacia lo alto.

— ¡Qué linda se ven! —Responde el padre extasiado de ver tanta belleza en el firmamento.

Un silencio se instala entre padre e hijo porque la belleza del momento visto desde la montaña los baña y los cubre de manera mágica, como estando inmerso en el mismo centro del universo. El padre le dice al niño: "¡Mira Romax esa estrella!, la más brillante. Esa es mi favorita, se llama: la estrella del sur. ¡Un día cuando no esté junto a ti y quieras verme, sólo tienes que verla y sabrás que estoy viéndote!" —Un silencio se extiende en ese instante.

Romax se quedó maravillado observándola. De repente voltea buscando a su padre y lo encuentra absorto dejando volar su imaginación por las estrellas. El niño descubre en el rostro de su progenitor una imagen de ternura y romanticismo que se graba en su alma. La estrella hace su aparición en el iris del soñador y su hijo la toma prestada para sus noches de trovador.

Los zancudos comenzaban a merodear el ambiente en búsqueda de alimento caliente y su música estridente molestaba los oídos de los presentes, el pequeño fue la primera víctima de esos insectos insolentes.

—"¡Ay!" —Gritaba pegándose muy fuerte en la pierna.

—¿Qué te pasa? —Preguntaba el padre extrañado.

—¡Me picó un zancudo! —Respondía enojado.

—¿Quiero ver?, preguntaba y se cercioraba que la picadura. No te preocupes, no es nada. Es mejor que nos vayamos a casa porque tu mami nos está esperando para cenar; si nos quedamos, seremos la cena para estos insectos hambrientos.

Se levantaron al mismo tiempo y el padre lo tomó de la mano con mucho cariño, luego se dirigieron a su hogar siguiendo un caminito en forma de culebra que aparecía y desaparecía a medida que avanzaban a media oscuridad.

Romax, que aún le tenía miedo a la oscuridad, apretó la mano de su padre y caminaba pegado al cuerpo de éste; su gran imaginación le hacía ver cosas y escuchar voces donde no las había. Él pensaba que habían ojos que lo observan de muy mala manera y voces que lo llamaban para llevárselo. Su papá sabía por lo que estaba pasando y trataba de hablarle mientras caminaba para que su voz le diera fortaleza. El miedo lo tenía dominado aunque fuese junto a su héroe, por eso su voz cuando hablaba temblaba y su rostro se movía muy inquieto tratando de descubrir los fantasmas que lo vigilaban.

Cuando están a unos cuantos metros de la casa, se escuchan los ladridos de Troski, anunciando la llegada de sus amos. Meneando la cola de contento, corre a saludarlos, saltando y lamiéndolos por todos lados. Romax se suelta de la mano de su padre y se pone a jugar con su perro, ambos caen en una guerra entre amigos. En ese momento, la madre del muchacho sale de la casa y ve al hijo en el suelo; su instinto protector brota como volcán a punto de explotar y dice:

—¡Pero hombre! ¡Qué animal éste! Ya hizo caer al cipote. ¡Lo va a golpear! —Responde enojada haciéndole ademanes al perro para que se aleje.

—¡Déjalo mujer! Lo que pasa es que está contento de vernos. Mira, los dos están jugando como si nada hubiera pasado.

—¿Van a comer? —Preguntaba la madre un poco contrariada, enojada.

—¡Claro que sí! ¡Vamos Romax! Hay que lavarnos las manos, ¡deja de jugar con el perro! Responde el padre ordenándole de manera seria. Todos entran a la casa de adobe donde lo está esperando su hija mayor quien a penas supera al chico por dos años.

Después de cenar, los niños se lavaron los dientes y se prepararon para irse a dormir; ellos esperaban sabiamente el regalo del abuelo quién había llegado, como todas las noches, para contarles un cuento.

El abuelo por parte de madre, "Don Chus" como le llamaban a los que llevan el nombre de Jesús, había llegado para despedirlos y desearles buena suerte en esa aventura. Él sería el más afectado porque estaba acostumbrado a la familia, casi todos los días les rendía visita. Los chicos por su parte lo extrañarían mucho porque el señor se había ganado el cariño de ellos a través de cuentos e historias de animales.

Esa última noche en las montañas, el abuelito se sentó al borde de la cama de pitas donde estaban esperando atentos los niños. Se dispuso a contar el cuento mientras los padres continuaban preparando el resto de las cosas para el viaje.

"¡Hoy les contaré un cuento muy bonito! Pongan mucha atención y sabrán como Don conejo se escapó de las garras del tío zorro", les decía con dulce voz el viejito. Los niños que estaban muy ansiosos, abrían grandes los ojos y escuchaban con atención el relato del abuelo.

Un día estaba el tío conejo en un sandial buscando la sandía más grande y más bonita para comérsela —hacía ademanes con sus manos y ponía mucho énfasis en su voz. Las golpeaba con sus manitas para escuchar si sonaban hueco y sonoro porque eso le indicaría si estaba madura. Cuando encontró la fruta buscada, le abrió un hoyito con el diente de enfrente y luego comenzó a sacarle la carne con su manita blanca. De repente, en la distancia apareció el tío zorro que buscaba, por su parte, algo de comer. Éste tenía una mirada muy aguda y pudo descubrir al tío conejo en la distancia; pensó: ¡Comida a la vista! me iré despacito y arrastrándome poco a poco hasta donde está el tío conejo, salto y lo atrapo de las grandes orejas sin que se de cuenta. Gozó al imaginarse la escena.

El tío conejo, quien estaba muy ocupado comiendo, vio en el reflejo del agua que salía de la sandía la figura del tío zorro. Éste guardando toda la calma del mundo seguía comiendo pero estudiando la manera cómo se le escaparía. Lo vigiló con mucha atención sin que el tío zorro se diera cuenta. Cuando éste estuvo cerca y se agachaba para saltar, el tío conejo saltó sin darle oportunidad al cazador para lanzarse. Con una enorme agilidad se puso muy lejos del animal que se lo quería comer. En la distancia, se puso sobre sus dos patitas y le preguntó: ¿Por qué me quiere comer, tío zorro? mi carne no es muy buena; debería de probar las sandías —sonrió con una sonrisa pícara.

—Yo no te quiero comer, sólo quiero invitarte a cenar; se acercaba lentamente, pero en sus ojos se veían sus malas intenciones.

—¡No gracias! presiento que la cena seré yo, ¿verdad? —Respondía sonriendo el tío conejo, mientras comenzaba a correr con todas las fuerzas que tenía.

El tío zorro corría detrás del tío conejo gritándole para que se parara, le decía que no le haría nada, lo quería engañar pero el conejo ya lo conocía. Éste le respondía mientras corría: sí pero no me gusta ese tipo de comida, soy vegetariano. Y corría más rápido. La carrera los llevó a recorrer todo el sandial, luego se metieron a un cañaveral donde por un momento el tío conejo se le perdió al tío zorro, pero éste se vio atrapado cuando llegó frente a una gran roca que no le dejó continuar. Viendo que no tenía salida, se dijo: tengo que pensar algo porque si no el tío zorro me comerá. Al escuchar los pasos del animal cazador pensó: me pondré con las manos en la roca para tratar de engañarlo. ¿Qué le digo? —Trataba de pensar en algo. ¡Ya sé! —Se le iluminaron los ojos y reflexionó: le diré que es la roca que detiene el mundo.

El tío zorro apareció desde el cañaveral y vio al tío conejo de frente a la roca con las manos sobre ella. Se dijo: este conejo ya es mío. Hoy no se me escapa. Pero le entró mucha curiosidad al ver que el tío conejo no escapaba y se forzaba por hacer algo. Le entró una duda en su interior y la curiosidad iba creciendo mientras se acercaba al tío conejo. De repente, el tío conejo comenzó a quejarse y a pedir auxilio. ¡Ayúdenme! —Gritaba desesperado. Al oírlo, el tío zorro se sorprendió mucho. Éste se acercó más y al ver que lo tenía atrapado pero un poco desconcertado le dijo: ahora sí tío conejo no te me escaparás. ¡Serás mi cena! Y soltó una carcajada.

El tío conejo, le dijo como cansado: muy bien tío zorro pero si me come se morirá también usted. El tío zorro sorprendido por la respuesta, le preguntó: ¿ Por qué dices eso? —No le creía porque ya lo había engañado anteriormente. ¡Qué no ve que esta es la roca que quiere aplastar al mundo! —Le respondió el astuto animal haciendo mucha fuerza sobre el paredón.

Yo la estoy deteniendo y si la suelto se nos caerá encima. El tío zorro, al ver la inmensidad de la roca, le entró una duda. !Ayúdeme tío zorro! porque yo ya no puedo más. De lo alto, de repente, una pequeña piedra cayó. El tío conejo aprovechó esto y le dijo: ¡Ve que no le miento! Ya se está derrumbando. Y el tío zorro asustado se colocó al costado de éste con las dos manos haciendo mucha fuerza. El tío conejo no aguantaba las ganas de sonreír pero poniéndose serio agregó. ¿Está muy pesada verdad tío zorro?

—¡Sí! —Respondió el tío zorro haciendo mucha más fuerzas.

—Tuve suerte que usted llegara, porque usted es muy fuerte, le tocó el orgullo al tío zorro.

—¡Claro! Yo me entreno todos los días, por eso estoy muy sano.

Luego el tío conejo le dice:"tío zorro necesitamos más ayuda porque nosotros no podremos detener la roca por mucho tiempo, yo tengo a mis familiares por aquí cerca, iré por ellos para ayudarnos y salvar al mundo".

—¡Esta bien! Dice el zorro, pero te apuras porque en verdad está muy pesada. El tío conejo, ni lento ni perezoso, salió patitas para que te quiero dejando al zorro deteniendo la roca.

El tío zorro pensó: cuando estemos a salvo me comeré al tío conejo y a todos sus familiares —sonreía con cara de malvado. Después de un buen rato, el zorro dijo: ¡Ésta roca está muy pesada! —Se comenzaba a quejar. El tiempo pasó y el conejito no llegaba, el zorro comenzó a cansarse, sus manos comenzaron a temblar. Cuando ya no podo más dijo: ¡Ya no puedo más! De todas maneras esta roca va matar a todo el mundo y nadie me viene a ayudar, ¡que nos mate a todos por egoístas! —Decidió renunciar a su esfuerzo. Cerró los ojos y se puso las manos en la cara para no ver cuando la roca le cayera encima. Pero para su sorpresa, la roca no se movió. Ahí comprendió que el tío conejo lo había engañado y se fue a buscarlo con mucha rabia. Y colorín colorado, este cuento se ha acabado.

Terminó contado el abuelo con una sonrisa de placer al ver las caras alegres de sus nietos. Los niños habían caído como piedras y dormían como angelitos. El abuelito les acarició el cabello como símbolo de buenas noches y se les quedó observando un momento porque sabía que a partir de ese día todo cambiaría en la rutina de su vida.

El abuelo exclamó "¡bueno!", como para dar por terminada su estadía en el lugar y luego agregó "¡ya se hizo noche y ustedes tienen que madrugar mañana, les deseo buen viaje!", se despidió de la familia y se marchó muy triste.

La madre un poco melancólica se quedó mirando alrededor de la casa, como queriendo apoderarse de cada detalle de la humilde morada. El techo de teja colorada, las tablas de las paredes pintadas de cal, los tapescos donde guardaban las cosas, las vigas que atravesaban firmemente el techo del hogar, el polletón de barro donde cocinaba los alimentos y el piso de ladrillos de tierra que estaba desnivelado con el pasar del tiempo; todo era para ella muy querido y lo guardaría en su memoria como un tesoro de su pasado. Hasta el techo ahumado por el humo de la cocina le parecía agradable en ese momento.

La noche con su misterio guardaba los secretos perdidos en el silencio. La luna vigilaba calladamente los suspiros de aquellos que se negaban a dejar la comodidad de un presente y la emoción de aquellos que encontraban en el comenzar una nueva oportunidad para aprender algo diferente.

> *" Siempre habrá, después de una decisión,*
> *la nostalgia de un quizás,*
> *un puede ser o un tal vez.*
> *La verdad siempre quedará a la mitad,*
> *por que la otra quedará atrás.*
> *Seguir, le corresponde a los vivos,*
> *hay que dejar a los muertos atrás,*
> *la historia se escribe caminando."*

1.3. En el valle llamado: caserío Puente Arce.

Romax y su familia llegaron al valle a eso de las once de la mañana. Los familiares, por parte de la madre, los esperaban muy alegres y dispuestos a brindarles la ayuda para descargar las cosas del hogar. Romax y su hermana mayor viajaron sobre el caballo con su padre, para ellos fue una linda aventura porque cada paso que daban hacia su nuevo hogar les mostraba una nueva cara de la vida. El chico, en especial, tenía curiosidad por conocer el río Paz, puesto que el abuelo y su padre hablaban maravillas de él.

El caserío Puente Arce tomaba su nombre por el puente que servia de unión entre los países de El Salvador y Guatemala. Éste se llamaba "Manuel José Arce" en honor al general y prócer salvadoreño que a la vez fue primer presidente de la república de las Provincias Unidas de Centro América.

Se trataba de un pequeño poblado, de no más de doscientos habitantes. Solamente había una calle principal de tierra que atravesaba la carretera latinoamericana. El lugar era famoso por sus bares que comenzaban a la entrada del pueblo desde una colina y por sus dos gasolineras: Texaco y Esso. Habían negocios que vendían productos de consumo popular y algunos comedores; entre los trabajos que se podían encontrar estaban: los cambiadores de dinero, los descargadores de camiones, los policías y los que trabajaban en la aduana para realizar los trámites migratorios. Por otro lado, por ser un paso fronterizo, el contrabando de todo tipo, cosas y seres, estaba a la orden del día, tanto de un país como del otro.

El nuevo hogar del chico era conocido como "La Hacienda", su construcción era de ladrillo de tierra cocida, tejado rojizo y madera; tenía un corredor techado que la rodeaba, su piso era de ladrillo color café, sus ventanas grandes y las puertas de madera muy sólidas. A su costado izquierdo tenía la cocina construida de madera y lámina, la habían hecho en ese lugar para evitar que no ahumara la residencia principal; el corral de las aves y los chiqueros de los animales estaban en la parte trasera. En la parte frontal había dos grandes árboles de amate y varios frutales. La hacienda estaba en medio de un predio de más de cuarenta hectáreas cultivables y la atravesaba la calle principal, ésta era de tierra. Esta carretera atravesaba una montaña hasta llegar al poblado llamado la hachadura, lugar donde el padre de Romax trabajaría como maestro.

A su llegada, los familiares de la madre los estaban esperando para ayudarles en la mudanza. Como de costumbre, más parecía una fiesta que un trabajo. Cada familia había llevado a sus hijos y algo para compartir. Entre todos acomodaron la carga en muy poco tiempo, a tal grado que en menos de dos horas, ya todo estaba en su lugar.

A la hora de la siesta, el padre del chico había colocado una hamaca entre las ramas de los amates que estaban justo enfrente de la casa, donde descansaba leyendo como siempre uno de sus libros preferidos. La hermanita de Romax jugaba con sus primas en la parte trasera de la casa y, por su parte, Romax se había ido con sus familiares varones a explorar los alrededores. Entre sus nuevos amigos, sólo uno de ellos tenía su misma edad, el resto ya eran mayores que él, por lo que hicieron varios grupos. Los más grandes se fueron a bañar al río y Romax y su primo de la misma edad se quedaron cerca de los jocotales.

El padre de Romax miraba desde su hamaca sus queridas montañas y dejaba escapar una sonrisa melancólica. Su corazón se regocijaba y su alma expresaba un sentimiento nostálgico.

"La vida es un eterno comenzar, pensaba, porque nunca se es tarde para volver a empezar, ni muy temprano para romper lo viejo. Aquel que mira más allá del simple mirar será capaz de llegar a donde sus ojos no pueden llegar. No sé, si detrás de las montañas hay simplemente otras montañas, lo que sé es que desde aquí nunca lo sabré si me quedo aquí. Para llegar a donde quiero llegar es necesario comenzar. Entonces, concluía, la vida es una eterna aventura llena de momentos y caras nuevas a descubrir."

En ese momento, Romax se acercó muy cariñosamente a su padre, le sonreía y le jugueteaba un poco haciéndole muecas con su carita de pícaro. Él al verlo sonrió a la vez, y le preguntó: ¿Dónde andabas pequeño bribón?

Sin perder la sonrisa el chico le respondió:

—Por allí, cortando jocotes.

—¿Y cortaste muchos?

El niño le respondía con un sí gestual, moviendo su cara de arriba hacia abajo. Luego, se subió sobre las piernas de su padre con la intención de compartir algunos momentos.

—¿Me trajiste algunos? —Recuerda que siempre hay que pensar en los demás.

—¡No! Me los comí todos. —Respondió un poco avergonzado reconociendo su error. Pero luego iré por más para ti y mi mami.

—Y también para tu hermanita. Acuérdate que entre hermanos siempre se tienen que ayudar, ¡No lo olvides nunca!

—¿Te gusta tu nueva casa? —Preguntaba el padre tratando de dar otro rumbo a la conversación.

—Sí, —respondió secamente el niño.

—¿No te veo muy entusiasmado?, agregaba el padre un poco inquieto.

—La casa está muuuy grande. —Respondía alargando la palabra.

—Es verdad, es más grande pero ya te acostumbrarás.

Luego el padre se perdió en un monólogo demasiado profundo para el chico. "La vida nos va abriendo poco a poco las puertas de nuestro destino, ayer no pensaba en cambiar de lugar y hoy estoy en otras tierras. Desde que ustedes nacieron ya no puedo pensar de manera egoísta, tengo que velar por el futuro de ustedes. Arriba en la montaña no tendrían la oportunidad de salir adelante como la tendrán aquí en el valle. El futuro es para ustedes, el presente es para mí. Yo tengo que poner las bases para que el día de mañana se les facilite su caminar. Como todo padre quiero que mis hijos me superen, que sean felices y sobre todo que se realicen en la vida". —Suspiraba profundo mientras el chico se perdía en otros cielos.

Después de un breve silencio, Romax salió con una de esas preguntas que provocaba una avalancha de otras preguntas.

—¿Por qué mi abuelito vive solo, papi? —Preguntaba como queriendo saber algo más sobre su abuelo.

—Porque ya todos sus hijos e hijas se casaron y se fueron a vivir a su propia casa, como lo hizo tu mami.

—¿Y su mujer?

—Tu abuelita, quieres decir.

—Sí, —dejó un silencio— ¿Pero yo no conozco a mi abuelita?

—Tu abuelita ya está en el cielo, respondía el padre con un tono muy suave.

—¡En el cielo! ¿Y que hace ahí? ¿Por qué no está con mi abuelito, él está muy solito? Preguntaba como enojado.

—Quiero decir que ya está muerta. —Sonreía cálidamente.

—¡Muerta! —Respondía con una cara triste y confusa.

—¿A mi no me gusta la muerte? —Respondía secamente.

—A nadie le gusta morir, hijo, pero la vida es así y hay que aceptarla de manera natural —respondía con un tono un poco serio.

—¿Y el cielo está muy lejos, papi? Preguntaba viendo hacia arriba el pequeño ¿más alto que los sopes?

—Sí, —respondía con una sonrisa suave como para no seguir la conversación.

—¿Y cómo se sube tan alto?

El padre veía venir las preguntas, pero las respuestas se le iban escaseando. La verdad era que el chico estaba en la etapa de la vida en donde necesitaba encontrar muchas respuestas para irse formando como ser humano.

—Porque cuando uno se muere se va al cielo —respondía muy cautelosamente temiendo que el interrogatorio continuara.

—¡Volando!

—Algo parecido —respondía sonriendo.

—¿Cuándo uno se muere le nacen alas? —Preguntaba incrédulamente.

—¡No! Cuando uno se muere el cuerpo se queda en la tierra y el espíritu se va al cielo, cerca de diosito. –respondía el padre con mucha cautela.

—¿Y cómo es el espíritu?

El padre se tocaba la barbilla y se quedaba pensando antes de responder, en ese momento un viento suave comenzó a llegar desde el océano Pacífico que estaba muy cerca, a pocos kilómetros de distancia.

—¿Ves aquel arbolito como se mueve?, señalaba con la mano el papá.

—Si.

—¿Quién crees que lo mueve?

—El aire.

—El espíritu es como el aire, no lo ves pero existe en cada persona.

—¡Ah! —Expresaba, un poco asombrado y un poco confuso.

Luego guardó un silencio pero de inmediato volvió con otra pregunta, parecía que en su pequeña mente había todo un mar de dudas.

—Mi abuelito es el papá de mi mamá. ¿Y tus papás? ¿Yo tampoco conozco a mis otros abuelitos? —Preguntaba como dándose cuenta de otra realidad.

—Tu abuelita y tu abuelito, ya están muertos —agregaba cariñosamente.

—¿Y ellos también están en el cielo? Preguntaba deseando una respuesta afirmativa.

—Sí, también están en el cielo junto a diosito —respondía esperando no darle más cuerda.

Pero éste regresaba con otra pregunta:

—Papi ¿Quién es Dios?

El padre sonreía como diciendo hoy es el día de las preguntas sin respuestas concretas. Respiraba profundo y decía: "Dios es el que creó todas las cosas y los seres de este mundo" .

—¡Ah! — respondía y dejaba un silencio; su meditación presagiaba otra pregunta.

—¿Si está en todas las cosas, porque no lo veo? —Preguntaba muy intrigado.

El padre al escucharlo preguntar cosas muy complicadas, pensaba: mi hijo es muy inteligente, solamente aquel que pregunta encuentra respuesta, sonreía.

—Dios es invisible como el aire pero más poderoso que él, está en todas partes.

Romax hizo un gesto de incredulidad, frunció la frente.

El maestro para dar más fuerza y compresión a su idea, agregaba: imagínate que Dios es parecido a un pajarito que canta muy suave pero se escucha en todos lados. Un pajarito que se encuentra en un arbusto lleno de espinas —respondía filosóficamente.

El niño se quedó un poco confuso y se preguntaba si Dios era como un pajarito —la cara del muchacho decía mucho. El padre sabiendo que no había entendido, trató de explicarle mejor lo que le había dicho.

—Por ejemplo, todos tenemos a diosito en el centro de nuestro corazón, como el pajarito, pero a veces no lo podemos ver porque no lo dejamos salir a causa de las espinas que le ponemos: el mal humor, las malas palabras, el egoísmo, la mentira, la pereza, la desobediencia, etc. Por eso, para verlo tienes que aprender a quitarte esas espinas.

—¡Creo que nunca lo veré! —Respondió un poco desconsolado a sabiendas que él era muy travieso.

El padre sabiendo el por qué lo decía, le respondió:

—¡No te preocupes! También el pajarito te ayuda a quitar las espinas porque a él no le gusta estar encerrado. ¡Verás que un día lo podrás descubrir! —Le sonríe cariñosamente.

Esa noche se acostaron muy temprano. El padre de Romax, muy consciente, a sabiendas que extrañarían los cuentos del abuelito se preparó con uno. A la hora de dormir, les preguntó: ¿Quieren que les cuente un cuento? Y los niños gritaron al unísono muy alegres que sí. El maestro tomando el rol de un cuentista les dijo: les contaré un cuento muy hermoso que mi madre me contó cuando tenía su misma edad, éste se llama: "El hada que regala estrellas", pero se tienen que quedar muy atentos.

El papá muy emocionado comenzó su pequeña historia haciendo ademanes y muecas mientras narraba.

En un lugar muy alejado del mundo, vivía un hada muy bondadosa que le encantaba regalar estrellas a los niños. Esta estrella se convertía en la guía de sus vidas y les ayudaba a encontrar su vocación como persona, es decir que a través de ella descubría cual era su profesión en el mundo. Cada seis de enero, en el día de los reyes, los papás llevaban a sus hijos con el hada a quien le llamaban cariñosamente "hada madrina" y le pedían que por favor le regalara una estrella para sus hijos. Esta mujer que era muy hermosa, que parecía una diosa y que al hablar sus palabras se convertían en rosas, nunca negaba un regalo. Ella poseía una fuente de agua muy cristalina en donde las aves, peces y flores se mezclaban con las estrellas; éstas últimas jugaban como mariposas alborotadas. El hada madrina cerraba sus ojos y oraba silenciosamente, como hablando con el dueño del mundo; luego, agarraba con sus manos la primera estrella que saltara de la fuente. Ella sonreía, besaba su mano cerrada y se acercaba al niño que se encontraba en los brazos del papá o de la mamá. La mujer miraba a los padres y les preguntaba: ¿Están seguros de que quieren que le regale una estrella a sus hijos? Los papás siempre decían que sí, porque sabían que la estrella les ayudaría cuando fueran adultos. Entonces, ella miraba al cielo y decía: "¡Dios de la vida y el amor te pido por favor que esta estrella se convierta en la guía para este pequeño ruiseñor!". Después, ponía su mano cerrada cerca del corazón del niño y la abría para que la estrella penetrara en el cuerpo del niño o la niña.

Mientras crecían los pequeños, la luz que llevaban dentro les iba alumbrando el camino. A unos les enseñaba a ser poetas, a otros profesores, albañiles, carpinteros, mecánicos, doctores, pintores o cualquier otro oficio que les permitiera ganarse la vida dignamente.

Romax que estaba muy interesado en el cuento le preguntó: ¿Yo tengo mi estrella papá?

—¡Claro que sí!, — contestó sonriente. Cuando estaban pequeños los llevamos con el hada y les regaló una linda estrella a cada uno. Poco a poco irán descubriendo aquello que les gustaría ser cuando sean grandes.

—¡A mi me gustaría ser como tú, profesor! —Exclamó el chico muy contento.

—Será un mal profesor porque es muy enojado. —Agregó la hermana sonriendo.

—¡No es verdad!, ¡No es verdad! —Reclamó enojado el chico tratando de golpear a su hermana.

En ese momento, el padre intervino y regañó a ambos porque no se estaban comportando como verdaderos hermanos. Luego, para calmar los ánimos trató de poner fin al cuento.

Entre todos los niños que habían llegado con el hada madrina, se encontraba Juancito. Este era muy tímido, pero con una gran imaginación. Cada rama seca que encontraba la convertía en una obra de arte, de ellas salían toda clase de aves y animales. Él decía que simplemente liberaba a sus amigos del bosque. El niño siempre cargaba una navaja con la cual ayudaba a salir a los animalitos que estaban presos en el corazón de los árboles secos.

Este niño creció y se convirtió en un gran escultor en madera seca, sus obras eran admiradas por todas las personas del mundo y sus amigos, los animales, pudieron viajar por todo el planeta.

El cuentista no se había dado cuenta que sus hijos se habían quedado dormidos como dos angelitos. Él los arropó muy suavemente y se fue también a dormir diciéndose: ¡Mañana será un nuevo día para todos! Una nueva aventura nos espera en nuestra nueva vida.

"Siempre habrá un lugar detrás de las montañas,
de la estrellas y del fondo del mar.
Todos podemos a ese lugar llegar
siempre y cuando lo queramos realizar.
Nuestra vida es la sumatoria de nuestros pasos
y hay un lazo que nos une en nuestra historia
para ser lo que hoy podemos constatar."

1.4. La historia de la abuela materna.

Estando acostados sobre las arenas de una pequeña playa al borde del río Paz, la familia de Romax, sus padres y cuatro hermanos, disfrutaba de una lunada bajo un cielo estrellado. En ese momento la familia ya había crecido.Todos estaban acostados, uno viendo hacia arriba, uno al lado del otro haciendo un pequeño círculo alrededor de una fogata. Los grillos, los sapos, los búhos y otros animales nocturnos no faltaban a la cita para ponerle un toque mágico a la noche.

De repente el padre de Romax se puso a declamar un poema:

He visto tu sonrisa iluminar el lado oscuro de mi alma
y he descubierto con dulce asombro
las maravillas que en ella se escondían.
Acaricio el tiempo minuto a minuto
como si acariciase el viento
cuando suavemente se resbala por mi frente.
Disfruto al infinito
el placer inmenso de cada instante
que me dedica tu dulce mirar constante.
Por eso,
palpo en detalle, sigilosamente,
cada pequeño gesto
que esparce tu sonreír radiante,
en el lienzo sagrado de mi mente
para sacarlo a relucir
cuando en la distancia, el silencio o la soledad
embriaguen de tristeza mi existir.
Sí,
tu sonrisa es la expresión mágica
que mejor capta mi corazón,
porque ella con su toque de locura,
inspira en los vacíos tenues de mi calma
arco iris que atraviesan
el cielo opaco de mi desilusión,
transformando de palmo a palmo
mi mundo de color.

Sí, así es tu sonrisa.
Que como un pequeño claro de brisa
alimenta de bondad mi alma,
llenándola de infinita gracia
e invitándola a volar como ave en el mar.

Un silencio se hizo presente y los chicos que seguían calladamente el recital del poeta, se maravillaban de tanta palabra linda que salía de la boca de su héroe. La hermana de Romax, en un sobresalto de emoción, le preguntó:

—¡Papi¡ ¿Cómo conociste a mi mami? El padre sonreía evocando esa época lejana y dejaba escapar una respuesta de una manera agradable.

—La conocí en la escuela —se alejaba en sus pensamientos.

—¡Cuenta! ¡Cuenta! —Dijeron deseosos de saber un poco más.

Él sonreía y decía: "Antes de trabajar en el Talpetate, yo había trabajado en diferentes lugares del departamento de Ahuachapán: Atiquizaya, Juayua, Ataco, Jujutla, Guaymango y Tacuba".

—¿A qué edad comenzaste a trabajar como profesor? —Preguntaba la hermana de Romax.

—A los diez y seis años.

—¡Guau! —Exclamaban todos, como indicando que muy joven había comenzado a trabajar.

—¡Yo seré también profesor! —Decía Romax.

El padre veía con agrado el deseo del muchacho y agregaba.

—Veremos, el tiempo nos lo dirá. Ser profesor es muy lindo, pero bastante sacrificado y no pagan muy bien. Hizo una pequeña pausa y luego continuó con su narración: "estando trabajando en Tacuba, decidieron hacer una escuela en el Talpetate, pero nadie quería venir a trabajar allí porque estaba lejos de la ciudad y perdida entre las montañas. Entonces, mi padre, que vivía en el lugar, pensó que había llegado el momento de acercarme a la casa y a mi madre que ya estaba entrada en años. Me mandó un telegrama con la noticia y me pidió que lo pensara; a mí me pareció una buena idea y pedí el cambio a mis superiores; luego de mucho tiempo regresé al hogar. Mi madre estaba feliz por mi regreso, era normal porque su hijo regresaba a casa.

Cuando el hijo pródigo volvió, sonreía, me recibieron como sé recibe a un rey. En verdad, me hicieron sentir muy bien. De inmediato me puse a trabajar, fui a visitar mi nuevo lugar de trabajo. La escuela era muy pequeña, sólo tenía un cuarto y muy pocos pupitres donde sentarse. Las paredes eran de madera, el piso de tierra y el techo era de tejas. La escuela estaba pintada de color blanco, en el patio habían sembrado unas rosas y unos claveles, alrededor de la escuela habían árboles frutales: jocotes, mangos, naranjas, mandarinas y algunos almendros".

—¿Pero cómo conociste a mi mami? —Preguntaban como desesperados los pequeños.

—Tranquilos, tengan paciencia que ya llegaré a esa parte. Continuó con su narración: "como les contaba, visité la escuelita y luego a mis alumnos, en ese lugar eran ya adultos porque la mayoría no había podido ir a la escuela cuando eran chicos. Entre ellos estaban unas hermanas y hermanos de tu mamá, porque tu abuelo tenía como una docena de hijos. Además, su casa era muy famosa en el lugar porque allí se encontraba la única tienda que abastecía a los del caserío. Los estudiantes venían de lugares lejanos, muchos viajaban kilómetros a pie para llegar a al lugar, caminaban por entre montañas y ríos; nada los detenía. Era hermoso ver el esfuerzo que realizaban por superarse.

Después de varios años, yo tuve algunos amoríos en el lugar, de los cuales nació una hermanita de ustedes con otra mujer. También tu madre había tenido una niña con otro hombre, con quien no duró mucho tiempo. Su mamá en esa época era muy joven por lo que una de las hermanas mayores que no tenía mujeres en su familia, se la pidió para criarla. Su mamá había comenzado a estudiar en la escuelita para aprender a leer y escribir, y fue allí que la conocí.

Todas las noches, yo llegaba a la casa de su abuelito porque habían unas primas de tu madre que me gustaban mucho y era allí que nos veíamos. No se cómo pasó, pero un día me di cuenta que tu madre me miraba de una manera diferente aunque nunca me dijo nada, siempre me hablaba con mucho respeto. Antes de eso, ya la había remarcado porque se manejaba un carácter muy fuerte y no se dejaba de nadie. Eso me agradaba de ella. Todo el mundo la respetaba a pesar que era aún muy joven. Su carácter no le impedía ser alegre y jovial, pero conmigo siempre guardaba una cierta distancia. Yo me acordaba de su madre porque la conocía desde que éramos pequeños, creo que le caía mal porque siempre me echaba los perros cuando llegaba a su casa. Siempre pensé que me odiaba por algo, pero no sabía por qué, sonreía.

Un día mientras daba clases, me di cuenta que al acercarme a ella, se ponía nerviosa. Desde ese momento comencé a verla de otra manera y fui descubriendo que era una gran mujer. Me propuse conquistarla, pero parecía un imposible. Ella no me daba entrada a su corazón, parecía que lo tenía cerrado con doble candado. Habían otras chicas que deseaban salir conmigo, pero mi corazón ya había elegido a su madre. En una de esas, hice con una hoja de papel un corazón dentro del cual le decía que ella era una chica muy linda y que me gustaría conocerla más, que me diera una oportunidad. Se lo di a la salida de clases mientras arreglaban el salón. Ella lo cogió, se me quedó mirando como diciendo " ¿y esto que es?" y luego sin decir nada se marchó.

Por la noche fui a su casa, pero no la pude ver porque sus padres la habían puesto a enrollar puros junto a sus otras hermanas. Pensé que en la escuela sería diferente, pero pasó lo mismo, no me daba lugar para preguntarle si al menos yo le gustaba. Tuve que valerme de una de sus hermanas que me apreciaba mucho para acercarme a ella. Por ella supe que tu madre tenía miedo de que se aprovecharan de ella, como había sucedido con el anterior novio, pero una de sus hermanas me dijo que no le caía mal; al contrario que le gustaba mucho. Eso me dio mucho ánimo y me dije que tenía que ser muy paciente con ella, tenía que demostrarle que era un hombre capaz de amarla sin hacerle daño.

Comprendí entonces que para llegar a ella debería hacerlo muy despacio, para demostrarle que la quería de verdad. El problema que tenía era que siendo único profesor, las chicas se me metían mucho y como en los pueblos los chismes vuelan rápido, muchas habladurías y malas lenguas le llenaban la cabeza de tonterías. Muchas veces me mando a freír plátanos a otro lado hasta que le demostré lo contrario".

En un lugar cerca del círculo donde estaban los niños acostados, la madre solamente hacia caras: de aceptación, incredulidad o simplemente emitía sonidos entre dientes.

"Luego de casi dos años de conquista, ella me aceptó como su novio. Al año siguiente, le propuse que nos fuéramos a vivir juntos, pero como ella era un poco renuente a esa idea, no quería –sonrió dejando una pausa. Al final aceptó — agregó con una sonrisa de satisfacción. Luego de cierto tiempo de estar viviendo juntos, hablé con sus padres y les propuse que nos casaríamos más adelante".

—¿Y ellos aceptaron? —Preguntó la hija.

—¿Y se casaron? —Preguntaba los otros niños.

—Todavía no, pero uno de estos días lo haremos —respondía el padre mirando de reojo a su mujer que lo veía con unos ojos de no te creo.

Luego, como queriendo desviar la conversación, dijo el padre: "me acuerdo que en esa época le escribí un poema a su madre que decía mas o menos así":

"Si Dios me da vida"

Un día, primero Dios,
construiré un barco y le pondré dos alas
me echaré a volar en el mar del amor,
aunque en ese mar naufrague en el desamor.
Tocaré el tiempo con mis manos
y moldearé dulcemente
la imagen divina de un soñar deseado.
Sembraré una flor
en el corazón de un gorrión enamorado
para que florezca de noche
y enamore a una luna que desee ser amada.
Partiré en dos mi corazón,
una pequeña parte para quedármela
y la otra más grande para ofrecértela.
Tocaré el cielo con mis manos,
y escribiré con estrellas y luceros mi nombre
para dejar por siempre grabado
mi pasar por este mundo.
Dirán quizás algunos
que fui simplemente un loco,
otros dirán que no me conocieron lo suficiente
pero en la mente de aquellos que me tutearon
quedarán impregnadas las huellas de mi pasado.
No pretendo ni he pretendido ser
más que cualquiera, aunque no lo mereciera,
pero siempre he deseado ser
alguien diferente entre la gente,
aquel que no se conformó con ser presente
teniendo en su frente un futuro diferente.

El ambiente se había puesto muy bonito y la madre, aprovechando el silencio, les propuso contarles un cuento al cual todos aceptaron con agrado. Este se llamaba: "El niño y el pájaro"

Un día —dijo la madre— sentado en un parque viendo jugar a los otros niños, se encontraba platicando un niño con Dios. En su oración, el niño le preguntaba: ¿Por qué nadie me quiere,

Señor? ¿No tengo a nadie a quien querer, ni quien me quiera? ¡Mira!, por ejemplo, ese lindo pajarito que está en esa rama, si me acerco a él, se alejará de mi lado espavorido, huyendo de mí como si yo le fuera a hacer daño. Y yo no quiero hacerle daño, sólo quiero ser su amiguito.

Dios en su amor le dijo: "¡tranquilo, pequeño! Tú eres aún un niño, tienes que aprender a tener paciencia. El amor no se obliga, ni en ti ni en los otros. Él debe nacer tan natural como nace una plantita; debe correr como corre un río; debe volar como vuela un ave; debe sentirse libre como el mismo viento."

Al día siguiente, mientras dormía, Dios puso en su ventana al mismo pajarito que estaba en aquella rama. El pequeño al despertarse lo miró y se alegró mucho, se dijo a sí mismo: "este pajarito, Diosito lo puso en mi camino para hacerme sentir querido. Para que sea mi amigo." Así, cada mañana, el animalito llegaba y se ponía a cantar muy alegre despertándolo con su dulce canto. Este, se levantaba contento y le iba a traer migajas de pan y agua. Siempre le dejaba comida y bebida antes de irse para la escuela. Con el tiempo, se hicieron muy amigos y la confianza entre los dos crecía cada vez más.

Un día el niño hizo una linda jaula, la decoró de manera muy bonita, le puso todo lo necesario para que el ave se sintiera a gusto en su nuevo hogar. Dejó abierta la puertecita y se dijo: "si el pajarito quiere entrar, tendrá la vía libre y podrá salir cuando él quiera". Al principio, éste no quiso entrar, pero con el tiempo entró, le gustó y cada vez pasaba más tiempo en la jaula, a tal grado que comenzó a quedarse a dormir dentro de ella.

El niño estaba muy contento con su amiguito, y para protegerlo comenzó a cerrar el hogar del ave por las noches, porque se decía: "si un gato o un ratón viene por acá se lo van a querer comer y yo debo proteger a mi amiguito". Desde entonces, comenzó a protegerlo mucho e incluso le ponía una manta sobre ella para que no lo vieran. Sin darse cuenta, poco a poco, día a día, abría menos la puerta de su compañero hasta que la costumbre hizo que la cerrara por completo. Paso algún tiempo de esa manera, hasta que un día el ave dejó de cantar, se le veía cada vez más triste, hasta sus plumitas estaban descoloridas, llegó hasta un punto que se enfermó.

El niño, afligido, llamó a Dios en su oración y le pidió ayuda. Le dijo: "¡Señor, Señor! No quiero que mi pajarito se muera." Dios le respondió: "¡Tu pajarito!... Nunca dije que ese animalito te pertenecía, eres tú quien se ha apropiado de él. Yo lo envié para que fuera tu amigo y no tu prisionero; las aves deben estar libres." El niño al escucharlo comprendió que de tanto querer también se puede hacer daño, corrió a abrir la puerta de la jaula para que el pequeño volador saliese de ella. Éste al ver la puerta abierta, salió volando tan rápido que el niño se sorprendió de cómo se había recuperado. Al ver la reacción del pajarito pensó: "no he sido un buen amigo, ya no va a querer ser mi amigo, ni siquiera se despidió de mí" y el chiquillo se entristeció mucho.

Para su sorpresa, a la mañana siguiente, el cantante llegó a su ventana y le cantó muy bonito, entró de nuevo en la jaula por un momento para comer y beber agua, pero luego se marchó. El niño lo vio, lo observó y las lágrimas le brotaron de alegría y dijo: "¡Señor, mi amigo me quiere, no me olvidó, no está molesto conmigo!" Dios le preguntó: "¿Qué has aprendido?" Y el niño le respondió muy contento: "desde hoy, seré su amigo y jamás lo encerraré para que sea libre por siempre." Dios los vio con mucho amor y éstos fueron amigos para siempre. Y colorín colorado... Todos respondieron: "este cuento sea terminado".

Al terminar el cuento todos quedaron con un gusto agradable en el paladar y en el alma, la noche se había puesto muy bella poblándose con un mar de estrellas de todos los tamaños. Aprovechando la ocasión, el padre de Romax lanzó una pregunta, como para llamar la atención. ¿Quieren que les cuente una verdadera historia? Todos respondieron con un sí rotundo.

El padre sonriendo comenzó diciendo: "esta es la historia de mis abuelitos, la que me contó mi madre." —Un tono nostálgico apareció en la voz del hombre como queriendo atravesar la barrera del tiempo para ubicarse en un lugar lejano.

"En un país llamado Inglaterra, en Europa, vivía una señora llamada como mi hija, Carmen. Ella tenía dos hijos, una niña de cinco años y un niño de tres años. Ésta estaba casada con un hombre adinerado llamado Sir Maximilian Juhl, que tenía una fábrica que producía artículos de porcelana. Por la gran cantidad de dinero que poseía tenía muchas mujeres y engañaba a su esposa. Ella, quien era muy celosa, le había advertido que si lo encontraba con otra mujer lo iba a dejar y se iría con sus hijos para siempre y no los volvería a ver jamás.

El señor no le dio mucha importancia a la advertencia y siguió con su vida tomando las precauciones del caso para evitar ser atrapado con las manos en la masa. En esos días, la reina de Inglaterra se preparaba para dar una fiesta muy importante en su palacio, a la cual Sir Maximilian había sido invitado. La esposa, a su vez, recibió una carta anónima diciéndole que el esposo tenía una amante muy cercana a la familia real.

Sir Max, como le llamaban los amigos le pidió a la esposa que lo acompañara a la fiesta, pero ésta, para atraparlo decidió hacerse la enferma. Sin embargo, le pidió al esposo que no dejara de asistir porque a la reina no se le podía hacer un desaire. El marido muy obediente y sin sospechar nada, sobre la carta anónima, se puso muy elegante con un sombrero de copa alta y su traje de pingüino.

La esposa dejó pasar unas tres horas y se alistó para ir a la fiesta y averiguar la verdad sobre su pareja. Los niños se quedaron esperando con la niñera.

La fiesta era en el palacio real, rodeado de grandes jardines y cuidado por soldados parados en la entrada como estatuas. Éstos tenían en su mano derecha un fusil de pie y estaban vestidos con los colores de la bandera de ese país: rojo, azul y blanco. También tenían un inmenso sombrero largo y una mirada muy seria que pedía mucho respeto. Desde los jardines se podía observar la fiesta que se celebraba en un gran salón, adornado con luces blancas y amarillas; muchas colgaban de lo alto y otras estaban pegadas a las paredes. Todo tenía un gusto refinado y elegante, además de escudos, armas y banderas, los salones exponían el retrato de la reina y el de sus familiares.

A la fiesta habían llegado muchas personalidades, todas ellas muy elegantes, entre las cuales estaba Sir Max bailando con una hermosa mujer un vals, que era la música preferida de la época. Luego vino una pequeña pausa en el baile y todos se dirigieron a tomar bebidas y a continuar platicando. Sir Max, en cambio, invitó a su acompañante a dar un paseo por los jardines del palacio que estaban a media luz. El ambiente al exterior del palacio estaba propicio para los enamorados y las parejas se refugiaban cerca de las fuentes y las bancas para observar el cielo y hablar de cosas bonitas.

Madame Juhl, mi abuelita, llegó de improviso a la fiesta. Varias personas que la conocían comenzaron a murmurar porque habían visto al esposo muy contento con otra mujer. Ella preguntó por su pareja, pero nadie le pudo dar razón de su paradero para evitar un problema familiar. El instinto de mujer la llevó a buscarlo en los jardines del local.

Y fue allí, entre las flores y los arbustos, que descubrió a su amado con otra besándose muy apasionadamente en una banca frente a una fuente. Como primera reacción quiso matarlo a golpes por traicionero, pero luego pensó en sus hijos y recapacitó. Se tragó su enojo y dando media vuelta salió apresuradamente pasando como un rayo en medio del salón principal. Esta se fue directamente a su hogar, cogió a sus hijos, hizo las maletas y se marchó de la casa; también se llevó al perrito del niño porque este no lo quería dejar.

La mujer decidió tomar un barco y zarpar rumbo al continente americano, más específicamente a Estados Unidos. Porque tenía familiares ahí, sólo que a sabiendas que el esposo la iría a buscar decidió cambiar de rumbo y al llegar a los Estados Unidos, se fue para Honduras, donde sus padres tenían familiares.

Tras algunos meses de estar en ahí, se dio cuenta que el esposo la andaba buscando y decidió venirse a vivir a El Salvador, donde unos amigos de la familia. Ellos vivían en Ahuachapán.

Luego de cierto tiempo, la madre recibió la noticia que el esposo se había divorciado de ella. Al año de estar viviendo en nuestro país, el perrito murió de rabia y el pequeño para que no lo regañaran, no dijo que lo había mordido, por lo que al poco tiempo murió también él. Así quedaron solo la madre y la hija. Madame Juhl no se volvió a casar y murió cuando la hija estaba ya casada.

La hija, que se llamaba como ella, era mi madre. Ella era muy linda y como había quedado con mucho dinero por la herencia de la madre, tuvo muchos pretendientes, entre los cuales escogió a un abogado muy importante de la ciudad. Él era el hijo mayor de una familia de abogados que habían tenido muchos triunfos y habían hecho mucho dinero. Ellos tuvieron tres hijas a las cuales adoraban y consentían mucho, pero esto no duró demasiado tiempo. La suerte de mi madre hizo que a los diez años de estar casados, el esposo muriera de un infarto al corazón.

Ella no sabia mucho de leyes, por lo que los hermanos del esposo tomaron todo bajo su control, pero con tan mala fe, que le hicieron firmar unos papeles donde ellos habían puesto que mi madre era una enferma mental y no podía cuidar a sus hijas. De esa manera, le quitaron toda la herencia a ella y se pusieron ellos como los albaceas de la herencia de las niñas. Echaron a la calle a mi madre y le dijeron a las niñas que ella las había abandonado.

Mi madre sólo lograba ver a sus hijas desde la distancia puesto que casi no las dejaban salir; las utilizaron como sirvientas y les robaron la herencia. Cuando ellas se convirtieron en señoritas se fueron casando una a una. Durante ese tiempo, siempre les dijeron que su madre las había abandonado y guardaron rencor hacia ella. Mi madre, después de algunos años, se volvió a acompañar con un militar retirado llamado Maximiliano, mi padre. Ella nunca se dio por vencida y poco a poco se acercó a sus hijas hasta que logró hablar con ellas y contarles la verdad de lo sucedido. Al inicio no le creyeron, pero la vida les enseñó que mi madrecita tenía la razón y el amor hacia sus hijas triunfó aunque en el fondo, mis hermanas, siempre tuvieron la duda.

Mi madre se vino a vivir al campo y fue en estos lados que nací, como ella era mayor de edad ya no tuvo más hijos. Ella siempre guardó contacto con sus hijas y cuando yo estaba jovencito, me enviaba a pasar mis vacaciones con ellas; siempre iba con mi hermana mayor y me queda ahí varios meses. Ella tenía una tienda pequeña con la cual se ayudaba para ganarse la vida; también tenía una niña de un año que había tenido con un hombre que las había abandonado. Por eso, cuando iba por esos lugares, me ponía a cuidar a mi prima mientras ella atendía el negocio. Como ella estaba sola, al llegar la época de estudiar le pidió a mis padres que me permitieran quedarme en su hogar, ahí me pondría a la escuela y le ayudaría en el negocio. Mi padre no vio inconveniente y pensó que en la ciudad tendría más oportunidades para salir adelante en la vida. En esa ciudad estudié para convertirme en profesor. Cuando me gradué, me mandaron a trabajar a Apaneca y después de varios traslados me enviaron para el Talpetate donde vivía mi madre y mi padre.

Mi padre murió poco después de que yo viniera a estas tierras a trabajar y mi madre cuando ya mi hija, Carmen, estaba tiernita. Mis hermanas nunca vinieron a visitarla, ni para su muerte. Pero yo, nunca les tuve rencor por eso, porque mi madre siempre me decía: "nunca dejes de visitarlas porque ellas son mis hijas, nuestra familia, y la familia, a pesar de todo, es un tesoro en la vida de cada persona."

—¡Esa es la historia de mi familia!, terminaba diciendo con un suspiro el padre de Romax. La mayoría de los niños se habían quedado dormidos, y sólo los más grandes estaban escuchando la narración. La fogata que los calentaba también había disminuido su ardor y el silencio de la noche se expandía como sábana sobre los cuerpos tendidos en la arena de los veraniegos. El cielo con su manto de estrellas vigilaba amoroso los sueños de los pequeños; y el río con su canto armonioso, adormecía dulcemente las ideas bohemias que aún se negaban a rendir su alma a la noche.

El padre pensaba: "ellas son mi única familia y mis hijos tienen derecho a conocerlas. Voy a tratar de entablar relaciones con ellas por el bien de mis hijos."

Mientras la luna, con su magia de primavera, recogía los sueños de cada bello durmiente, el tiempo se regocijaba al observar cómo los deseos del padre de Romax se cumplirían en un futuro inmediato.

" El que siembra en tierra buena
tendrá la esperanza de cosechar mañana
los frutos en noche buena.
Pues, no es tarea del sembrador
la recolecta ni el beneficio,
más su obligación es preparar
para luego sembrar. "

1.5. El caite de Judas

A sus ocho años de edad, Romax se había ganado a pulso el sobrenombre de "caite de Judas", apodo que lo marcaría para toda la vida. Fue su propia madre quien se lo había dicho en un arranque de cólera, cuando agarró a los cinco hermanos en una batalla campal, los cuatro contra Romax.

A esa edad, él no podía pasar mucho tiempo dentro de su casa sin que pasara algo con sus hermanos. Se habían hecho en el hogar dos clanes; la hermana mayor protegía a la más pequeña, y los dos hermanitos pequeños se unían para protegerse, quedando el chico fuera de los dos grupos.

Todo comenzó un día, cuando Romax jugaba solo con sus chibolas o canicas y el hermanito menor le quitó una, afirmando que era suya. Si había algo que al muchacho lo sacara de su bola de cristal, era que lo trataran de ladrón sin serlo. Al inicio, se la pidió de buena manera, pero el pequeño se negó a regresarla, encerrándola en su puño muy fuerte. Romax quiso entonces quitársela a la fuerza y fue ahí que comenzó el ajetreo. Nuestro héroe, quien era muy enojado y se encendía con mucha facilidad, al ver que no podía quitársela, le propinó un golpe en la cabeza. El golpeado se puso a llorar, sin soltar la chibola de sus manos. El otro hermano, al ver que el más pequeño pedía ayuda, se fue sobre Romax y de igual manera fueron ingresando al combate las hermanas en auxilio de los hermanos menores. Todos contra el mayor que golpeaba a los pequeños, éste era el pensamiento del resto de los hermanos.

El chico trataba de defenderse, pero parecía que perdía la pelea contra sus hermanos. En ese momento, la madre intervino para separarlos y castigó con varios latigazos a cada uno. Los tres más pequeños sólo recibieron los primeros golpes y salieron huyendo a meterse debajo de sus respectivas camas. Romax, por ser el mayor, recibió un castigo más fuerte y como su fama lo precedía, la mamá le echó la culpa de la situación.

La madre en un arranque de cólera, mientras le pegaba le decía: "¡Romax, ya no puedo más contigo! ¡Tú vas a matar a mis hijos cuando yo me muera! ¡Tú eres el caite de Judas!". Éste, conociendo el enojo de la madre, pensó: " si no hago algo o demuestro dolor, no dejará de pegarme". Por eso, el chico comenzó a gritar y a llorar como si lo estaban matando hasta que la madre lo soltó creyendo que era verdad el sufrimiento de su hijo. En cambio la hermana mayor, que tenía un carácter más fuerte, era distinta. Le pegaba y ésta no soltaba ninguna lágrima, ni daba a entender que le dolía por lo que la madre se enojaba cada vez más hasta que se cansaba. La hermana mayor terminaba llorando sola, pero no le daba el gusto a su madre de verla llorar. En esta ocasión, pasó exactamente así; al final, todos terminaron llorando bajo las camas, pero al verse las caras y la manera de llorar de cada uno, comenzaron a ponerse a reír. Todo terminó en risas, sólo que el chico guardó en su corazón las palabras de su madre: "¡tú vas a matar a mis hijos cuando yo me muera! ¡Tú eres el caite de Judas! De vez en cuando, sus hermanos se lo hacían recordar cuando se enojaban con él.

La fama del muchacho se había extendido hasta fuera de las paredes de su casa; sus mismos familiares lo consideraban un chico rebelde y mala influencia para sus hijos. Por esta razón, casi no se le conocieron amigos en su infancia. Desde muy pequeño y antes de entrar a la escuela, se pasaba todo el día fuera de la casa. Aprovechaba cualquier descuido de la madre para escaparse e irse a realizar las tres actividades que ocupaban su corazón: jugar fútbol, cazar animales y aves e irse al río a pescar o a jugar.

Entre las tareas que tenía que realizar diaria y obligatoriamente estaban regar los árboles frutales, hacer los mandados de la casa, ir a traer la comida de los conejos, y, si necesario, ir a buscar leña seca a la montaña. Cualquier pretexto era bueno para alejarse de la casa, por esa razón aceptaba y a veces inventaba la necesidad de ir a buscar leña. La madre, a sabiendas que el chico cada vez que se encontraba en la casa no pasaban muchos minutos sin que una pelea estallara con alguno de sus hermanos, prefería que se ocupara en algo útil; en este caso, la búsqueda de leña seca era una buena salida para tener la paz en el hogar. Al principio, apareció con un manojo de chiriviscos secos no muy grande que no satisfacía a la madre, por el tiempo invertido en la búsqueda, pero luego mejoró la calidad de la leña.

La necesidad le fue enseñando nuevas técnicas, no muy católicas, para mejorar la recolección de la madera. El chico encontró más fácil pescar en una pecera que en un río, es decir que comenzó a robarse los leños secos que ponían en los cercados o simplemente tomar prestado los trozos de madera que los trabajadores cortaban y dejaban secando en medio de la montaña. Esta historia terminó hasta que lo pillaron y lo sacaron del lugar a punta de chicotazos, desde ese día ya no se acercó a esos lugares. Su padre lo retó por ese hecho y lo castigó negándole el permiso de entrar solo a la montaña. Después de probar que había aprendido la lección, aprendió a utilizar la técnica de sus primos, ésta consistía en amarrar un pedazo de madera en la punta de una cuerda, se buscaban ramas secas que quedan trabadas en los árboles y se lanzaba par atraparla. En el momento se hacía un movimiento de hélice para tomar impulso y luego se lanzaba en dirección de éstas, el pedazo de madera se enredaba en la rama y permitía, con un poco de fuerza, destrabarla del árbol.

El joven había adoptado la montaña como su lugar predilecto de cacería; ésta era una mina de oro para él. En ella podía pasar todo el día, menos la noche porque le tenía miedo a la oscuridad, sin tener la necesidad de volver a su casa. Había aprendido a defenderse y a sobrevivir en ella, conocía de memoria las plantas venenosas, los animales peligrosos y la mayoría de los rincones prohibidos. Uno de sus primos mayores había sido el maestro de cacería y con él había aprendido muchas cosas de la vida, sobre todo a sobrevivir en la montaña.

La tía, que vivía en la montaña, sólo se daba cuenta de la existencia de Romax porque lo veía pasar cerca o porque preguntaba por alguno de sus primos. De lo contrario, siempre lo veía en la distancia tratando de robar algún fruto de la huerta; casi nunca pedía permiso para tomarlos. Él consideraba que siendo de la familia no era un robo tomar los frutos de los árboles ya que las aves lo hacían de la misma manera. Se diría que tenía buen olfato para descubrir los frutos maduros o los comestibles: los mangos, los jocotes, los coyoles, las papayas, las naranjas, las anonas, las granadillas, los nísperos, los nances, los guineos y los marañones no se escapaban de su asedio. Solamente los cocos, por estar muy altos, estaban fuera de su alcance, aunque aprendió una técnica muy especial para bajarlos que consistía en lanzarle con su hondilla piedras con filo directamente al tronco de donde colgaban. El chico se jactaba que había aprendido muy bien de su maestro, su primo mayor, la técnica de la hondilla, porque según él donde ponía el ojo ponía la piedra.

El padre de Romax, quien se la pasaba todo el día trabajando en la escuela del pueblo vecino, la Hachadura, prefería que estuviera en la montaña porque al menos ahí sabía que de alguna manera su tía lo vigilaba. Pero él no sabía que ni la sombra se le veía en el lugar y cuando pasaba por ahí no le hacía caso a ella. Quizás porque él mismo había observado que sus propios primos no la respetaban ni obedecían.

Un día, la tía quiso enviarlo a comprar cigarros y le dijo: "¡Romax, hijo! ¿Puedes ir a comprarme unos cigarros a la tienda por favor?" El chico se le quedó mirando y alejándose de ella como para evitar un golpe, le dijo: "lo siento, tía, pero yo he venido a jugar aquí no ha hacerle mandados. Además, mi padre me dijo que nunca comprara ni cigarros ni alcohol. Así que si quiere cigarros, mande a sus hijos que están aquí. También mi padre me dijo que fumar es malo para la salud y yo no quiero ser motivo de enfermedad para usted", sonrió en la distancia provocando que ella se enojara.

—¡Mal agradecido! ¡Malcriado! —Se lo voy a contar a tu mamá, lo sentenció.

—¡Cuénteselo, a mi me vale!" —Se fue del lugar corriendo.

—¡Ya verás, me la vas a pagar! ¡Se lo diré a tu papá!

—¡Dígaselo! ¡Yo no soy criado de nadie! Le respondió desde la distancia.

Esto último puso en que pensar al muchacho porque los castigos del padre eran especiales. La tía cumplió con lo prometido y no tardó mucho en dar las quejas a sus progenitores. Como siempre, no hubo posibilidad de defensa para el chico y el castigo fue directo en el acto. Aunque ese día, el padre de Romax, al saber la verdad, le pidió a la madre que no le pegara por esas cosas porque él mismo no enviaba a comprar cigarros a su hijo para no darle mal ejemplo. Según el padre, lo malo de la acción fue la manera de responder a la tía, "siempre se debe tener respeto a las personas mayores, le aconsejó".

Desde esa ocasión, el muchacho no se acercó a la casa de la tía por ningún motivo, pero ese hecho le dio pies para hacerle averías con los frutos y aprovechó todas las oportunidades para robarle algo. De ese modo, fueron desapareciendo muy a menudo los huevos de las gallinas y patos, los racimos de plátanos verdes, los trozos de leña seca, y hasta el queso seco que tenía sobre el polletón de la cocina se perdió. Sus primos eran sus compinches porque ellos también participaban en algunas travesuras del chico e inclusive fueron los pensadores de la acción.

La misma libertad que tenía por andar solo en la montaña, le hacía sentirse autosuficiente y muchas veces, después de cada castigo, decidía huir de la casa. En total fueron tres veces las que decidió hacerlo, pero siempre dejaba papeles diciendo que se marchaba del hogar como queriendo dar a entender que lo detuvieran. No se supo nunca si alguna vez la madre se dio cuenta de sus intenciones, pero la última vez que lo hizo, recorrió mucho camino hasta que la lógica, que la utilizaba mucho, le mostró que no era el momento de hacerlo, porque aún no estaba preparado para ello. Ese día, se prometió que al tener diez y ocho años se iría de la casa a vivir solo y regresó corriendo a su casa para romper los mensajes que había dejado sobre su cama, esperando que su madre no los hubiera encontrado. Al llegar los encontró tal y como los había dejado, nadie se dio cuenta de lo sucedido, según él.

En el pueblo sólo tenía amigos que frecuentaba jugando al fútbol y se podría decir que solamente existía otro chico peor que él, el llamado vulgarmente "el diablito". A diferencia de Romax, este niño hacía cosas negativas o malas, como un adulto, con mucha premeditación. Era común escuchar que se metía a las casas a robar, que se aprovechaba de los borrachos que se quedaban dormidos en las aceras, que se la pasaba en las noches cerca de los prostíbulos; nunca le gustó ir a la escuela y contrabandeaba lo que le pidieran. Siempre decían que el diablito no llegaría a adulto. Entre los dos, nunca hubo una gran amistad más bien se evitaban ya que el diablito lo consideraba como un chico creído porque no se metía con los otros chicos de su edad y no le gustaba participar en las travesuras de ellos.

Una vez en el río, se pusieron a pelear en forma de juego y ahí se midieron fuerzas; en ambos se formó un cierto respeto para no provocarse. El fútbol los unió por muy poco tiempo porque el diablito prefirió otras actividades que le ocasionaron más placer, como: jugar billar, barajas y dados porque había dinero de por medio. Al chico no mucho le gustaba la compañía de ese amigo porque pensaba cosas que sólo se le ocurría a los grandes y la mala intención de su pensamiento le ponía la carne de gallina a nuestro héroe. Ambos tomaron caminos muy diferentes y el futuro le daría la razón, el diablito terminaría bajo tierra a muy temprana edad.

Si la madre hubiera sabido las veces que Romax estuvo a punto de morir en sus aventuras, jamás lo hubiera dejado salir de su casa. Solamente en el río se escapó de ahogar como cinco veces; de caerse de los árboles unos dos y de que lo matara algún animal, como tres veces, sin contar las veces que las avispas lo tomaron como niño de hospicio, que los alacranes hicieron fiesta en su cuerpo y que las hormigas hicieron picnic en su espalda, pero también en sus aventuras, Romax tuvo la oportunidad de convertirse en héroe anónimo cuando una de sus primas se estaba ahogando y éste juntamente con sus hermanos la salvaron.

Muchas fueron las aventuras que vivió el chico en su niñez aunque la mayoría de ellas las experimentó a solas. Él mismo se sorprendía de la suerte que lo acompañaba en sus andanzas y fue adquiriendo una cierta confianza en sus habilidades. Aprendió que las personas deben luchar por la vida hasta el último segundo que tengan de fuerza, ser paciente ante la adversidad y tener mucha sangre fría ante el peligro. Todas estas cualidades que había desarrollado a solas lo convertían en alguien especial, la vida le demostraría que todo aquello que se aprende en un cierto momento es como un preámbulo ante un acontecimiento futuro.

El padre de Romax en un intento de tener a su hijo vigilado, lo matriculó en la escuela en donde él daba clases. De esa manera, por las mañanas se iba con él y regresaba a la hora del almuerzo solo. Al principio, al chico no le gustó para nada la idea, pero luego de unos días cambió completamente de parecer. El motivo era que el regreso se convirtió en otra aventura al pasar jugando por la montaña que servía de puente entre los dos pueblos.

Cuando llegó por primera vez a su grado, su profesor se dio rápidamente cuenta que el chico estaba muy avanzado en comparación con el resto de la clase. El maestro le propuso a su padre que lo pasaran al grado superior inmediato porque ahí se aburriría y se retrasaría. El padre de Romax sabía que su hijo era inteligente, pero estaba sorprendido de su avance. Sin embargo, para evitar el que dirán le propuso a su compañero que le hiciera pasar algunos exámenes que corroboraran su apreciación. Dicho y hecho, el chico sacó excelentes calificaciones para pasar de grado, inclusive el profesor pensaba que podía fácilmente triunfar en otro grado más alto. El padre del chico aceptó que lo subieran de un escalón.

Ese cambio de grado fue una alegría para sus padres, pero un dolor de cabeza para el muchacho. Sus amigos comenzaron a burlarse de él aduciendo que lo habían pasado de grado solamente por ser el hijo del profesor. Por esta razón, Romax comenzó a alejarse de sus amigos de la calle porque varias veces tuvo que pelearse con ellos para defender su orgullo herido. Aunque el padre le dio muchas razones, Romax, a partir de ese día, prefirió mantenerse alejado de los primeros lugares y hacía lo que fuera para ello; de esa manera tenía la fiesta en paz con sus compañeros.

Romax se dio cuenta muy temprano que todos los actos que una persona realiza le van forjando la vida y lo van preparando para un futuro lejano. Su seudónimo lo llevaba marcado en la piel y en su alma trataba de negarlo porque no lo representaba verdaderamente. Todo el mundo, menos su padre, lo trataba como alguien difícil de convivir y se lo hacían ver claramente. El chico no sabía como demostrar lo contrario, pero llegó a la conclusión que no valía la pena luchar por guerras tontas. Su padre le dijo un día "la opinión de la gente no tiene porque molestarte, siéntete mal cuando tu opinión te moleste".

"No es malo aquel que parece,
sino el que lo hace;
en la ignorancia no hay pecado,
sino en la arrogancia de un legado".

1.6. Nacido para llegar a ser grande

El abuelito de Romax, quien era un hombre muy carismático sobre todo cuando contaba sus aventuras en forma de cuentos, había logrado despertar en el chico un deseo por la aventura y por el riesgo de descubrir lo desconocido. Él siempre decía: "Todo hombre tiene, en su destino, la oportunidad de llegar a ser alguien especial en la vida, pero no todos lo llegan a ser por miedo o cobardía".

Según él, la vida se encargaba de irle indicando a la persona por dónde caminar y cómo lograr sin el mayor esfuerzo cada etapa de su destino. Hay algunos que han sido elegidos para ser diferente ante los ojos de Dios y para esto son guiados por la mano divina. Nadie puede escapar a su destino si es Dios quien lo ha elegido.

Los antiguos indios decían: "Si una persona mataba dos pájaros de una sola pedrada, atrapaba con una sola flecha tres peces en el agua, mataba un pájaro en pleno vuelo y atrapaba un gorrión con las manos, esta persona estaba destinada a hacer cosas grandes en la vida. Pero si después de esto, una mariposa azul, con puntos de oro, se le posaba en la mano, esta persona era alguien elegido de Dios y llegaría a ser alguien grande".

Romax, por ser un discípulo muy aplicado en el arte de la cacería, aprendió una infinidad de trucos de su maestro: ``Noelio``, su primo. Con él aprendió a caminar sobre las hojas secas sin hacer ruido, a usar camuflajes para pasar desapercibido en la montaña o en la pradera, a utilizar la honda de hule con destreza, a buscar las piedras más redondas y con un peso adecuado, a comer las hierbas del monte, a percibir el peligro de los animales, a escuchar el silencio de la montaña y a orientarse para no perderse.

Cuando, por casualidad, fue cumpliendo las exigencias que decían los indios, éste no le dio la mayor importancia porque nunca se consideró una persona superior a los demás, pero su abuelo sí, quien creía firmemente en las palabras de los antiguos. Éste comenzó a seguir el camino de Romax en el silencio. Ya había matado dos pájaros de una sola pedrada y atravesado tres peces con una sola lanza, pero cuando mató a una tijereta en pleno vuelo, el abuelo se convenció que el chico estaba destinado a ser una persona fuera de lo común. Aunque no sabía si algún día una mariposa azul se le posaría en sus manos, en esos rumbos nunca se había visto alguna. De todas maneras, una noche se lo hizo saber al chico. Éste lo tomó de broma, sin perder el respeto a su abuelito. "¡Una mariposa azul y de puntos de oro!", se decía sonriendo. "Nunca he visto una y mucho menos que ella misma se me ponga sobre las manos; es imposible." —Pensaba de esa manera para no darle la mayor importancia al asunto.

El abuelo, siguiendo su enseñanza, le previno y le dijo que si alguna vez eso sucedía tenía que hacer un ritual especial: "primero, al percibirla, ponerse de rodillas y extender las manos como pidiendo una limosna. Luego, cuando la mariposa se posara en sus manos, dejar que el corazón hablase por él para evitar la tentación de ser egoísta. De esa manera, se estaría seguro de que se haría la voluntad del padre en él. De ese modo, pasara lo que pasara, sus deseos no le traerían mala suerte y se convertiría en una persona elegida de Dios para hacer muchas cosas buenas en la vida``.

Para el joven, las palabras del abuelo eran muy bonitas, pero le daban algo de miedo porque nunca le había gustado ser una persona diferente, prefería ser uno más entre la gente, porque así podía hacer y deshacer sin llamar la atención por sus actos. No obstante, como ya había cumplido algunas de las condiciones mencionadas, sin por lo tanto irlas a buscar, la idea de ser una persona buena fue haciendo camino en su mente de niño, pero así como llegó, así desapareció de su cabeza aunque no de su espíritu. La única pregunta que le quedaba en el aire era si en verdad existían mariposas azules de puntos de oro en alguna parte de la tierra.

El abuelito de Romax, al sentirlo pensativo, por ser casi de una ceguera total, pudo intuir cierto malestar en el chico. "¡No te preocupes, hijo! Tú no tienes que hacer nada. Las personas elegidas por Dios han sido escogidas desde que estaban en el vientre de su madre. Tú simplemente tienes que dejarte guiar por tu espíritu, tienes que ser un hombre de corazón. Dios habla a los hombres directamente a su alma y sólo aquel que es capaz de escucharlo es capaz de actuar como tal. Dios siempre habla en el silencio." Estas palabras pusieron como un ungüento en el sentimiento del chico y la preocupación poco a poco fue desapareciendo.

—Solamente tengo que actuar como yo soy, no está mal —se dijo— y sonrió.

Después, el abuelito le contó la siguiente historia:

"El elegido"

Cuentan que en una aldea de indios perdida en el corazón de la selva, había una jovencita, la princesa de la Aldea, que había salido embarazada sin haber estado en contacto con ningún hombre. Los brujos del pueblo decían que la joven había sido poseída por espíritus malignos y que su fruto sólo podía traer desastres a la tribu. Los ancianos en cambio creían que los milagros existían y que el milagro de la vida nunca era maligno. El pueblo se encontraba dividido: unos en contra que querían sacrificarla y otros a favor que deseaban que la joven viviera para que su fruto fuera el guía del pueblo. Al rey en cambio no le gustaba ninguna de las dos posiciones, porque si la mataba, era su hija quien moriría y su nieto; y si la dejaba vivir, la mala suerte caería sobre su pueblo: además, un grupo estaba interesado en que el descendiente muriera, el trono quedaría libre al morir el rey. Ellos estaban aliados a una tribu enemiga.

La chica al ver la situación en la cual se encontraba, decidió escaparse. El rey de la tribu al darse cuenta de lo ocurrido, se entristeció por la perdida de su hija y su nieto, pero sabía que seguía viva. Para despistar al pueblo, envió a sus guerreros a buscarla al lado contrario por donde le habían indicado que se había ido.

La muchacha caminó y caminó por muchos senderos hasta que llegó a otra tribu que la acogió. El rey de la tribu le tomó mucho cariño a la joven y junto con su esposa la tomaron como una hija adoptiva. A los nueve meses nació la criatura y fue un varón. Éste creció entre los niños de la tribu y nunca se le observó nada especial, pero sus virtudes se manifestaban de vez en cuando: siempre estaba atento a las necesidades de su madre, le gustaba saber el porqué de las cosas, analizaba siempre sus adversarios antes de ponerse a pelear con ellos, tenía mucha destreza con las manos, escuchaba mucho a los ancianos, no le gustaba matar a los animales por placer, se inventaba sus propias armas, veía con agrado cómo su madre se encargaba de los ancianos, le encantaba estar presente cuando su padre adoptivo impartía justicia y sobre todo, amaba la vida porque había sido un regalo de su madre.

Conforme fue creciendo se fue haciendo merecedor de respeto y cariño por parte de toda la tribu; siempre se consideró una persona con mucha suerte porque se había salvado de muchos peligros de muerte.

La gente de la tribu lo trataba como el heredero, pero él no lo aceptaba porque desde pequeño sabía que no era cierto; su madre le había contado la verdad. El rey de la tribu lo quería como a su hijo y el joven se había ganado su cariño con su manera de ser; por si mismo había logrado ser el mejor guerrero.

Un día, cuando el joven guerrero andaba cazando, llegó por casualidad hasta un bebedero de agua. Pensó que ese lugar era propicio para tender una emboscada a algún animal, se escondió a cierta distancia y se preparó para el ataque. "¡Hoy es mi día de suerte!", se dijo. "¡Presiento que atraparé algo especial!", pensó. Estaba subido en un árbol de guarumo que estaba cerca y en dirección opuesta al viento, de esa manera se escondería muy bien y los animales no le detectarían su olor. Cuando el sol se estaba poniendo, los diferentes animales comenzaron a llegar a la poza de agua; el joven preparó su arco y su flecha para cuando llegara la presa buscada. De repente, de entre los matorrales, apareció un venado con una ornamenta enorme. Se diría que era el rey de los venados por su edad. Cuando éste estaba bebiendo agua, el joven se preparó con su arco; sin hacer el menor ruido sacó su flecha, la colocó entre la cuerda y comenzó a estirarla. Estaba afinando su puntería cuando de repente el venado olfateo algo y sin que éste se diera cuenta desapareció por entre los montes. El joven se quedó intrigado y un poco enojado porque algo o alguien había espantado a su presa, de inmediato obtuvo la respuesta: una joven indígena llegaba a la poza de agua y caía herida a la orilla de ella; después unos indios que la perseguían le dieron alcance.

Cuando estuvieron cerca le hablaron y ésta con una mirada de miedo se volteó para verlos y fijándole los ojos les desafió con su mirada. Ella se les quedó mirando fijamente con aire de desafío, había aceptado la muerte. Los dos indios alzaron su lanza y se dispusieron a matarla. El joven guerrero que estaba como a cien metros de distancia no vaciló un segundo y como ya tenía entre sus manos el arco con la flecha, la estiró y dejándola escapar la dirigió al cuello de uno de los indios, pero como estaban juntos los atravesó a ambos de una sola vez. Uno de los indios dejó escapar su lanza y ésta cayó en el hombro de la mujer hiriéndola casi de muerte, porque la punta de ésta estaba envenenada. Ella se desmayó de inmediato. Entonces, el joven guerrero se bajó como un rayo del árbol y se dirigió a ayudar a la joven. Al llegar, se dio cuenta que los indios estaban muertos y que la joven aún vivía, pero estaba muy mal porque además de la herida en el hombro tenía otras en las piernas y en el estómago. Parecía que se había escapado de las garras de la muerte. Él la tomó entre sus brazos y se la llevó a una cueva que se encontraba muy cerca, porque su pueblo estaba a muchos días de camino.

Para curarla, tuvo que desvestirla por completo y fue allí que se dio cuenta que aquella mujer era muy hermosa. Su belleza lo cautivó. Como tenía muchos conocimientos en medicina natural, le compuso unos ungüentos de hierbas. Por las noches, le ponía unas compresas tibias para bajarle la fiebre, le daba de beber sopas de aves y siempre mantenía la fogata encendida. A los tres días, la joven comenzó a reaccionar y al cuarto día, recobró su conocimiento aunque no sus fuerzas. Al principio le dio mucho miedo porque no sabía qué había pasado; al descubrir su cuerpo se dio cuenta que estaba desnuda y que tenía pegado a ella hojas con remedios. Al tratar de incorporarse, una mano de hombre le impidió que se incorporara, al buscar a su dueño se encontró con el joven guerrero que la observaba fijamente y le indicaba con el dedo que no dijera nada, que estuviera tranquila. Sus miradas se encontraron entre la luz opaca de la hoguera, la joven descubrió unos ojos que ofrecían confianza y cariño. El joven amablemente la hizo obedecer y ella sin poner resistencia se fue quedando dormida casi de inmediato.

Ella pensaba que había soñado, pero al despertar se encontró que no había sido un sueño; en verdad, el joven estaba allí junto a ella: dormido sentado, velando su sueño. Como pudo, se incorporó y trató de buscar su ropa para ponérsela; en eso estaba, cuando una mano en el hombro la detuvo y al darse vuelta se encontró con un joven más alto que ella que le sonreía y le ofrecía con su otra mano lo que ella buscaba. Sus ojos se chocaron y una sonrisa tímida salió de la cara de la muchacha, entonces el joven se dio vuelta y se dirigió a preparar algo para beber y comer. La chica, al sentir la presencia del chico, sintió una sensación extraña que le recorrió todo su cuerpo, de punta a punta.

La muchacha le dio las gracias por todo lo que había hecho por ella; también le contó las razones por las cuales los indios la perseguían para matarla: una tribu contraria a la suya deseaba atraparla para chantajear a su padre adoptivo. Ahí, el guerrero, se dio cuenta que en verdad la chica era la hija de un rey de una tribu que se había escapado de sus perseguidores y que al tratar de escaparse la habían herido. "¡Es una princesa!" —Se dijo. Desde ese momento, el respeto por la nobleza de la chica hizo que el joven la viera con otros ojos. Puso un poco de distancia entre los dos. Luego, la mujer le pidió ayuda para llegar a su tribu porque posiblemente la tribu enemiga de su padre la andaba buscando. El muchacho como era de buen corazón y muy buen cazador, conocía esos lugares como la palma de su mano, decidió ayudarla; además, sin darse cuenta se había enamorado de la joven.

Por su lado, ella también había quedado impresionada por su salvador porque otro en su lugar habría abusado de ella y no la hubiera tratado con mucho respeto. Mientras regresaban a la tribu de la princesa, como aún estaba delicada de salud, el chico la tomaba entre sus brazos para atravesar los ríos, subir árboles o simplemente porque la chica se cansaba de caminar. Él sabía que la mejor manera de viajar era durante la noche, porque los indios que la buscaban no los encontrarían y la oscuridad era la mejor aliada de ellos.

Como la enferma no estaba totalmente recuperada, tuvieron que descansar bajo la sombra de un gran árbol. Ambos estaban sentados lado al lado, el joven sacó una piel de animal que cargaba y la colocó sobre el cuerpo de la chica, pero ésta a sabiendas que éste se quedaría a la intemperie le propuso compartir la cobertura. Al principio el guerrero se cohibió un poco, pero al ver la confianza de la muchacha se tranquilizó. Ese momento fue muy importante para ambos porque comenzaron a hablar de sus vidas y de sus sueños. Parecía como si abrían su corazón para entrar en comunión. El sueño los dominó y quedaron dormidos uno sobre el otro, muy abrazados. Por la mañana, la chica se despertó primero y se descubrió durmiendo sobre el pecho del chico. Se sorprendió al verse ahí, pero a su vez se sintió muy bien y sin saber por qué; un impulso la invitó a darle un beso suave en el pecho. Al intentar incorporarse, el muchacho se despertó y ambos quedaron sorprendidos de estar tan cerca uno del otro. Una sonrisa floreció entre ambos y el chico le ayudó a a levantarse. Comieron y luego siguieron su camino hasta llegar a un pequeño río que estaba como a medio día de camino de la aldea de la princesa.

Se pusieron a descansar cerca de una poza de agua muy cristalina; el guerrero decidió atrapar unos peces y ella, como ya estaba mejor de salud, lo acompañó en la pesca. Ambos comenzaron a pescar, pero luego terminaron jugando en el agua. Sus cuerpos se tocaban y cada vez el deseo de estar juntos se hacía más presente. Como estaban cerca de la orilla del río, por la espalda una rama seca toco la espalda de la chica y ésta pensó que era una culebra; el pánico la hizo subirse sobre el joven que lo tenía frente a ella. Él la recibió con una sonrisa porque sabía que no era una culebra y ella al verse engañada se sonrojó mucho. Ambos se quedaron viendo como hipnotizados y, sin saber cómo ni cuándo, entre los dos nació un beso. Luego, ambos se despegaron y no dijeron nada sobre el asunto. Comieron y continuaron su camino.

Cuando llegaron a la tribu, el rey le dio las gracias al joven guerrero y en un gesto de agradecimiento le pidió al muchacho que se quedara a vivir con ellos, lo convertiría en uno de sus mejores guerreros. El muchacho agradeció la gentileza del rey, pero declinó la proposición. Entonces, la princesa le pidió que al menos se quedara algunos días con ellos y su corazón no pudo decirle que no. En esos días, se hicieron muy buenos amigos y recorrieron juntos muchos lugares hermosos, la gente de la tribu le tomó mucho aprecio al chico. Ambos sabían que se querían, pero nadie daba el primer paso para declarar su amor.

A la semana, el día que había decidido marcharse, por la noche entró la muchacha a la tienda del chico y sin decir nada se metió bajo las sábanas; el joven la recibió con los brazos abiertos de felicidad. "Lo único que quiero que sepas es que te estoy amando", le dijo. "El sentimiento es mutuo", respondió. Los dos cuerpos se entregaron al amor en completa libertad.

Esa misma noche, la tribu enemiga decidió atacar por sorpresa y la batalla comenzó en la oscuridad. El guerrero puso a salvo a su amada y decidió prestar ayuda a su suegro quien había sido herido de gravedad. Los indios de la tribu se encontraban desconcertados porque su jefe estaba herido y nadie estaba sirviendo de guía. El chico comenzó a tomar la batalla en sus manos y dirigiendo con inteligencia a los pocos indios que tenía supo ganar la batalla.

Al día siguiente, el rey muy agradecido por la proeza del joven lo mandó a llamar para ofrecerle lo que él quisiera y fue en ese momento que el joven le hizo saber que lo que deseaba con todo el corazón era que le permitiera ser el compañero de su hija. El rey que fue tomado por sorpresa, buscó la mirada de la hija y ésta le confirmó, con los ojos, su deseo.

Para la ceremonia de bodas, el joven mandó a traer a sus padres para que lo acompañaran en ese día especial. Cuando la madre del joven llegó, sus padres y el mismo rey la reconocieron dándose cuenta de inmediato que el joven guerrero era el niño que tenía que nacer para ser alguien importante en la tribu. El rey entonces dijo: "nadie puede cortar el camino de un destino, se puede torcer pero siempre llega a su final". Ahí, delante de todo el mundo, reconoció a su nieto y lo convirtió en su heredero legítmo; se casaron porque su princesa era adoptada y no había impedimento sanguíneo.

Cuando el rey murió, el joven se convirtió en el rey de la tribu por herencia y por méritos propios porque todos en el pueblo lo querían y lo admiraban. El destino había dicho la última palabra y su palabra es sagrada porque viene de Dios.

Romax comprendió que cada persona nace siguiendo un camino y es en el caminar que se encuentra la respuesta de su destino.

"Nadie nace grande ni pequeño,
la grandeza de un hombre
se hace caminando
porque en sus huellas está la verdad
de su vida."

1.7. Preparándose para el futuro

Una de las maneras que el padre de Romax utilizó para tratar de moldear el carácter del chico fue entablando una muy buena comunicación con él. Desde que estaba pequeño, su progenitor trató de mostrarle, con palabras y actos, muy buenas enseñanzas. De esa manera, promovió y se puede decir que lo obligó a amar la lectura. Al inicio, el chico se resistió por creer que era una perdida de tiempo el pasar metido en los libros; pero después, comprendió que podía aprender algo bueno de ellos. Cada día tenía que leer algo y cuando su padre llegaba de trabajar debía hacer un breve resumen de su lectura.

De por sí, Romax no era muy comunicativo, no andaba contando sus cosas a todo el mundo. Se diría que era bastante introvertido. Su padre había logrado crear una ruta de comunicación con el joven que le permitía educarlo de buena manera; conociéndolo lograba saber sus puntos fuertes y débiles. De ese modo descubrió el enorme potencial de su retoño: su carácter fuerte, la lógica en su actuar, su facilidad para aprender, la fuerza de sus principios, su romanticismo y su visión distinta del mundo. Uno de sus defectos era su personalidad introvertida y su facilidad para explotar.

Él sabía muy bien que en la vida las personas tienen que tener muchas cualidades comunicativas para poder alcanzar sus metas. El lenguaje o la comunicación es una de las llaves para abrir las puertas del progreso. Por eso, decidió trabajar con el muchacho estos aspectos: lo introvertido y su carácter.

De ese modo, el cipote (niño) comenzó a realizar sus primeros pininos en el arte de la literatura. Su papá, cada vez que podía, lo inducía a realizar actividades que lo obligaran a mejorar su personalidad. Uno de los ejercicios que lo hacía practicar muy a menudo era la descripción física de los elementos que se encontraban a su alrededor, es decir: árboles, casas, juguetes, animales, aves y personas. Eso lo tenía que decir de manera oral, a voz alta para que se escuchara él mismo.

Al inicio, la descripción no pasó de la simple enumeración de las características propias de los objetos inanimados, pero poco a poco pasó a los seres vivientes. Cuando observó que el chico manejaba bastante bien el arte de la descripción, pasó a la etapa siguiente: darle vida a las cosas físicas. En este punto del proceso creativo, el abuelo entró a tomar parte importante en su formación. Cada noche lo hacía volar y soñar con sus cuentos de animales, figuras mitológicas y leyendas propias de la región.

La poesía y el cuento se convertirían, en el futuro, en un mecanismo muy importante para su vida personal; pero en ese momento y a su edad, el juego fue ganando cada vez más terreno, a tal grado que ellos quedaron relegados casi al olvido. Solamente se pudo rescatar un poema que había escrito con la intención de recitárselo a su madre en el día de las madres, pero que ésta nunca llegó a escucharlo. Este poema decía así:

"A mi madre"

Si solamente mis palabras no me abandonaran
cuando sinceramente quiero decirte cosas lindas,
te diría las maravillas que mi alma se calla a escondidas,
y saldrían rosas como mariposas y tu nombre ellas entonarían.
¡Madre! Quizás tú pienses que no te quiero
porque a veces me enojo contigo y hasta te reclamo.
Hoy clamo firmemente que te quiero
Y escribo en este papel que más que quererte... te amo.

Por otro lado, por ser el mayor de los hijos varones, su padre sabía que tenía que prepararlo en lo práctico para que le ayudara en el futuro inmediato y porque no decirlo, le serviría para cuando fuera grande. Claro que a este momento, él nunca pensó que sus enseñanzas se convertirían en una base fundamental para su sobre vivencia y la del resto de sus hijos. Poco a poco, lo fue tomando bajo su ala y le fue mostrando lo que sabía; a tal grado que ya a los nueve años, por necesidad, había ido solo a la capital y era capaz de hacer trabajos eléctricos pequeños.

Esa ida a la capital fue una experiencia muy importante en la vida del chico. Su progenitor, que era maestro a tiempo completo, tenía varios trabajos a tiempo parcial para tratar de llenar el presupuesto familiar; uno de ellos era ser cobrador de seguros de vida en toda la región costera de Ahuachapán y Sonsonate. En esa ocasión, él se vio atrapado en un problema muy delicado por estar muy ocupado: no tuvo tiempo de enviar el dinero recaudado de los seguros y si estos no llegaban a la fecha establecida, los asegurados perdían la protección. Es decir que si algo pasaba en ese lapso a alguno de las personas protegidas, estas no recibirían nada. Era un problema de orden moral y profesional.

Por su trabajo de maestro, se vio en la imposibilidad de moverse y viajar a la ciudad para llevar el dinero a la compañía aseguradora para la cual él trabajaba. Buscando una salida al problema, una luz le trajo el nombre de su hijo y no le pareció mala la idea. En verdad, no tendría porque ser difícil ese viaje, abordar tres buses en más o menos cuatro horas y regresar en otro tiempo igual. Además, la empresa estaba casi a la entrada de la capital. Se dijo entonces: "le puedo hacer un plan muy detallado para que no se pierda y si él sigue mis consejos no tiene porque pasarle nada. Sale muy temprano y a eso de las cuatro de la tarde esta de vuelta en casa." —Sonrió porque le pareció una idea genial. Su hijo le podría sacar de apuros.

La amistad con su hijo le hizo confesarle el problema que tenía y éste no dudó un segundo en aceptar el reto. Su padre era su mejor amigo y confiaba ciegamente en su juicio, si él decía que lo podía realizar el joven lo aceptaba.

— ¡Yo puedo hacerlo papá! —Le dijo con una seguridad inquebrantable.

Aunque confiaba en el pequeño, le daba miedo enviarlo solo a ese laberinto de carros. Además, a la madre no le gustaría la idea del viaje a la capital porque si le pasaba algo ésta no se lo perdonaría nunca.

Cuando le comentó la idea a su mujer, ésta saltó de su silla. Fue un no rotundo y las amenazas cayeron como lluvia con rayos y truenos; pero después de la tormenta, la razón comenzó a hacer camino en ella; al final, terminó aceptando contra su voluntad. El esposo le aseguró que su hijo no correría ningún riesgo, porque él le arreglaría hasta el menor detalle del viaje.

La actividad a la capital había sido planeada muy cuidadosamente con la finalidad de facilitar su ejecución; cada etapa se había repetido muchas veces y las posibles soluciones en caso de fallo igualmente. Los consejos fueron martillados de forma constante para que se grabaran en serio dentro de la cabecita del cipote. Tanto se había insistido que el nivel de tolerancia del muchacho estaba por rebalsar el vaso; para él, ese mandado era pan comido; no le preocupaba en absoluto. El viaje como tal no le daba miedo; al contrario, le gustaba el reto de saber si lo podría realizar.

Ese día, quienes sufrieron más fueron los padres, porque Romax se divirtió como nunca y hasta se permitió algunas picardías. Supuestamente, él estaría de regreso a las cuatro de la tarde al pueblo si todo lo hacía como lo había planificado su papá, pero fue llegando a eso de las ocho de la noche. La razón fue simple: el joven al sentirse seguro en Sonsonate, a mitad del camino, decidió gastar la mitad del dinero del pasaje porque sabía que un conductor amigo lo llevaría gratis.

El cipote no fue tonto, antes de enterrar el muerto se aseguró que estuviera muerto, buscó a dicho conductor y le inventó una buena mentira para que lo ayudara. Éste cayó redondito y aceptó llevarlo gratis, pero con la condición que lo ayudara abriendo la puerta trasera del bus para que los pasajeros bajaran o subieran más rápido.

El problema era que la camioneta o el bus salía muy tarde, es decir entrando la noche. Al joven nunca le pasó por la cabeza que sus padres estarían con el corazón en la mano durante todo el tiempo de su retraso. Verdaderamente, Romax disfrutaba cada segundo de su aventura.

El vehículo salió a la hora indicada, como siempre iba repleta y casi no cabía la gente. Muchos de los pasajeros optaban por irse sobre el bus en el espacio dedicado a las maletas o carga pesada. Era gracioso ver pasar ese tipo de autobús porque parecía un tacuazín con sus hijos sobre la espalda. Dentro del automóvil la gente no dejaba de hablar y hasta gritaban para hacerse entender, los vendedores ambulantes se hacían camino por los espacios inexistentes y los hombres aprovechaban el contacto cercano para tocar a las mujeres en sus partes íntimas, éstas se veían indefensas, pero más de alguna respondía a golpe cerrado.

El bus comenzó a caminar lentamente haciéndose paso en el mar de gente que quería alcanzar los últimos autobuses. El muchacho recordando los gritos de los otros ayudantes, comenzó a imitarlos vociferando: "¡Frontera! ¡Frontera! La última, sólo hay asientos para dos, es decir: parados." Abría y cerraba la puerta, avisaba al chofer cuando la gente quería bajar o veía personas que corrían siguiendo al vehículo tratando de alcanzarlo.

Se veía que disfrutaba lo que estaba haciendo; incluso cuando llegaron a mitad del camino, el conductor le regaló unas pupusas y un refresco de marañón por el buen trabajo que hacía. Para terminar su trayectoria, el ayudante temporal decidió subirse en el lomo del bus junto con todos los bultos porque deseaba que el viento de la noche le pegara en la cara. Se sentía libre, rey y soberano de su vida. Cerraba sus ojos y se imaginaba que era una gaviota deslizándose por las olas del viento desafiando la gravedad y el tiempo.

Romax no pensó que ese retraso causaría mucha inquietud en su familia. Su padre estaba preocupadísimo y desde las cuatro de la tarde éste se había ido a esperarlo a la terminal de buses del pueblo. Él ya había hablado por teléfono a la capital para saber si todo había salido bien y le habían contestado que sí. La mente traicionaba al padre haciéndolo pensar que algún accidente podría haberle pasado. Cada camioneta que llegaba era una esperanza que nacía y moría al instante que se quedaba vació el vehículo. Mientras esperaba, el padre se repetía a sí mismo: "está muy pequeño todavía, quizás no debí haberlo enviado solo".

El último bus era su mayor esperanza; de otro modo él tendría que alquilar un vehículo para ir a buscarlo hasta el fin del mundo si era necesario. Cuando se dio cuenta de que el bus de su amigo era el que llegaba, algo le dijo que ahí venía su hijo. Una esperanza comenzó a florecer en su alma. Antes de que el vehículo se estacionara, éste se había subido por la parte delantera para saber si ahí estaba adentro su hijo amado. El conductor lo saludó, pero en su prisa por buscarlo no le dio bola; es decir, no le respondió el saludo. Su preocupación era su retoño. Además, el motorista estaba con el cuidado de estacionar su unidad de transporte.

Romax, como venía arriba, había visto al padre y por temor a que lo regañara se había escondido entre los bultos. Desde ahí, ayudó a bajar las cosas de los pasajeros para terminar su trabajo. Cuando su papá constató que su bien amado no estaba, se sintió muy mal porque pensó que le había pasado algo; sus piernas se le aguadaron, se sentó y se quedó pensando, en medio del bus, lo que tendría que hacer para ir a buscarlo.

Un sentimiento de culpa le invadió el alma. "¡Con que cara me presento ante mi mujer!, se dijo. ¡Ella me lo advirtió que era muy pequeño y no le hice caso! ¿Dónde estará mi pobre hijito?" No había terminado de decir la frase cuando de repente sintió que alguien le halaba por detrás la camisa. Para su sorpresa, era Romax quien lo saludaba muy contento de verlo y le entregaba unos papeles que traía escondidos dentro de su pantalón. El padre que no era muy expresivo, lo abrazó muy fuerte y revolviéndole el cabello le dijo: "¡Bravo hijo! Yo sabía que podía confiar en ti". En ese momento no lloró, porque no quería dar a entender otra cosa, pero por dentro era un mar de llanto de felicidad que lo cubría por completo. Respiró profundo y sintió que le había vuelto la vida.

En el camino a su casa, el chico le contó todo con lujo de detalles y mientras el pequeño hablaba, el progenitor agradecía al cielo por habérselo traído sano y salvo. Estaba contento y orgulloso; una mezcla de sentimientos indescriptibles. Éste se decía internamente: "¡Mi hijo ya está grande!". A penas tenía diez años.

La madre, por su parte, lo esperaba inquieta desde la puerta de su casa y cuando lo vio llegar, en la distancia, se metió sin decir nada como para no demostrar su preocupación. Unas lágrimas traicioneras salieron a la luz y desaparecieron tan pronto como las tocó el mandil, cerca de la cocina de barro.

Esa noche, ella lo esperaba con un buen plato de comida típica: los frijoles negros con queso y crema, que le fascinaban al cipote. Ella también estaba muy orgullosa de él porque ni ella misma había ido a la capital sola por el miedo de perderse. El abuelo a su vez seguía confirmando que el muchacho tenía algo especial que lo diferenciaba del resto de su edad. Al final, padre y madre se vieron a los ojos y, sin decir nada, se alegraron de la proeza de su primogénito varón. A partir de ese día, los viajes a los diferentes lugares del país se fueron haciendo rutina en la vida de Romax.

En su deseo por formar a sus hijos para prepararlos para el futuro, el padre de Romax se esforzaba por buscar nuevos métodos para trasmirtir su mensaje. Él mismo no dejaba de aprender algo, era de naturaleza autodidacta.

Como en la mayoría de los pueblos del campo, aquel que sabe leer y escribir es considerado como alguien muy importante. Siendo profesor, era visto con mucho respeto y la gente lo admiraba mucho; sus hijos veían esa admiración y se sentían muy contentos. Lo bueno de todo eso, era que él se lo había forjado con sus palabras y con sus obras; todo el mundo lo consideraba como una persona muy justa, honesta, trabajadora, servicial y muy educada. El maestro tenía una filosofía propia que había aplicado a su vida y trataba de trasmitir a sus hijos, en especial a Romax. Él afirmaba que: "nadie en la vida había nacido con todos los conocimientos, siempre era necesario que alguien enseñara. Siempre se tenía que aprender algo y siempre había algo que enseñar. El hombre —decía— es capaz de aprender por sí solo, muchas veces no es necesario ir a la escuela; pero es necesario que tenga mucha dedicación, perseverancia y responsabilidad; ser autodidacta no es de todo el mundo".

El padre de Romax, además de ser profesor, había logrado estudiar por correspondencia el idioma inglés, la electricidad, la fontanería, los primeros auxilios, la venta de seguros, la electrónica, las leyes, las artes manuales, cómo criar aves y ganado, y otras cosas más. Siempre le decía a sus hijos: "lo que se aprende nadie puede robarlo, los conocimientos son un tesoro invaluable; la mejor herencia que podré dejarles es la educación, porque esa nadie se las podrá quitar o robar". Por esta razón se esforzaba para que sus hijos fueran buenos estudiantes, enseñándoles métodos de estudio y buenos hábitos de trabajo, pero él no se había dado cuenta de que su mejor enseñanza se las estaba dando siendo consecuente al hacer realidad sus palabras con sus obras.

Romax, a sus diez años, aún parecía un niño de siete y esto no le ayudaba mucho porque sus amigos se burlaban de él y terminaba peleándose con ellos. Quizás el hecho de ser delgado no le favorecía y su padre para darle ánimos le decía: "cuando te digan: flaco, palillo o seco. Tú debes responder que el hierro no viene en bolas, viene en barrillas". Al principio le dio resultado, pero su mal genio lo traicionaba y terminaba peleándose.

Una manera de ayudarle fue poniéndolo a realizar ejercicios y a levantar pesas, también le compró vitaminas porque el chico no se alimentaba muy bien. Las pastillas rojas de "Tónico vigorón" supuestamente deberían haber llenado el vacío alimenticio, pero resultó un chasco porque le produjo un brote de granos en la cara y tuvieron que detener el tratamiento. El chico, por su parte, no puso mucho esfuerzo en los ejercicios porque prefería salir a jugar fútbol con sus amigos.

Después de muchos intentos fallidos por hacerlo engordar, el padre se dio por vencido aduciendo que no se podía luchar contra la naturaleza. Su madre, por su parte, decía que el mal genio no lo dejaba engordar o que a lo mejor tenía lombrices porque de la manera que él comía parecía un niño de hospicio". La solución que proponía era una buena dosis de "ruibarbo" para sacarle toda la suciedad que tenía como costra en el estómago. Lo dejaron tranquilo por un tiempo, esperando que el desarrollo lo cambiara o en su defecto una mujer, al casarse.

Romax era un chico muy dinámico y bastante jovial, pero desde que supo que su progenitor padecía del corazón, su vida había cambiado. Un miedo inmenso le cubría su espíritu e imaginación, le jugaba malas tretas dónde su padre aparecía muerto. Una tristeza profunda se veía en sus ojos y aunque trataba de disimularlo no podía, la idea de la muerte le trotaba todo el día. Una vez, cuando fueron a pescar, el padre se dio cuenta del trauma que estaba viviendo el muchacho, éste no lo dejaba pescar tranquilo porque al ver que se tardaba tanto en salir del agua, el miedo a que le hubiera pasado algo le hacía lanzar piedras. El ruido que éstas hacían al caer espantaban a los peces. En un inicio, el papá se molestó pero su psicología le hizo ir más lejos y, al reflexionar, se dio cuenta del error que había cometido al contarle su estado de salud. Su hijo varón todavía estaba muy pequeño y ese tipo de noticia puede llegar a derribar hasta a un gigante.

Decidió entonces, el padre, salirse del agua y tratar de ayudar a su pequeño. Se sentó a su costado y se dispuso a tomar el sol. La tarde estaba dando sus últimos avisos y, en la distancia, las bellas montañas se adornaban con colores que solamente los poetas o los pintores eran capaces de captar en el pincel de sus manos.

El padre le preguntó, sin mirarlo pero con un tono serio: "¿Sabes quién es la persona que lanza piedras al agua justo cuando yo estoy sumergido?"

Romax un poco avergonzado le respondió que era él. Éste, intuyendo que había algo detrás de ese actuar, volvió a preguntar: "si sabes que me espantas a los peces ¿Por qué lo haces? ¿Tienes miedo de algo? ¿Qué te pasa hijo?", le colocó la mano sobre su hombro para indicarle comprensión.

—Sí, tengo miedo de que le dé un ataque al corazón cuando está pescando. —Y agregaba casi llorando— ¡Yo no quiero que se muera!

El padre, al ver el sufrimiento del hijo, con el brazo sobre el hombro, lo atrae contra su cuerpo y con la otra mano le movía el cabello diciéndole: "¡tonto! Si te lo conté no fue para que te pusieras triste, sino para que estés preparado para cuando suceda. Nadie quiere morirse, yo no lo quiero. Pero es la ley de la vida; unos nacen y otros mueren. A mi me gustaría ver a mis hijos con sus hijos y con una profesión. Ojalá Dios me lo conceda. En especial, me gustaría verte con tus hijos, porque con ellos tu vas a pagar todos los dolores de cabeza que le causas a tu madre", sonrió. Pero sabes, tus hijos tendrán un buen padre porque, a pesar de lo que los otros digan en contra tuya, tú eres un buen hijo y serás un buen padre. Yo no te cambiaría por nadie en el mundo. Me gusta cómo eres y tengo mucha confianza en ti. Tu llegarás muy lejos porque tienes madera para ello, de eso estoy convencido. Eso sí, vas a tener que trabajar mucho con tu carácter, porque ése te va a traer muchos dolores de cabezas y frustraciones si no lo sabes dominar a tiempo. Pero si por A o B yo me llegase a morir, tú tienes que tomar la rienda de la casa. Tú eres el mayor de los varones, en ti pongo toda mi confianza; yo sé que no me defraudarás. De todas maneras, puede que no esté en carne y huesos cerca de ti, pero ten la seguridad que mi espíritu siempre te acompañará. Lo único que tienes que hacer para hablar conmigo es enviarme "tus mariposas de papel", y sonríe a sabiendas de que su hijo se había quedado en la luna.

—¡Mis mariposas de papel! —Respondía el chico un poco asombrado.

Hay un cuento que habla de las mariposas de papel y dice así, pon atención, le decía:

"una noche de octubre, un niño estaba acostado junto a su padre sobre la arena observando las estrellas. La suave brisa del mar se hacía presente como una tenue sonrisa y su eco murmuraba la paz de un extraño canto celestial. Su padre le enseñaba el nombre de las constelaciones que se dibujaban en el cielo y contaba algunas anécdotas de su niñez, entre las cuales una impactó al pequeño: aquella que hablaba de la muerte de su abuelo.

El niño se puso a llorar con mucha pena. Su padre al verlo le preguntó: "¿Por qué lloras?", él entre balbuceos le contestó: "no quiero que te mueras como murió el abuelo". Éste lo vio y le habló con mucha suavidad: "todos algún día tendremos que morir; es la ley de la vida, pero eso no impide que siga viviendo en tu corazón. Puede que muera de carne, pero nunca moriré de espíritu. Si tú guardas mis palabras contigo y las haces presentes, eso hará que yo siga viviendo en ti, siempre".

El niño entonces le preguntó: "cuando uno se muere, ¿a dónde va?"

Él le respondió: "no lo sé muy bien, pero creo que algo parecido a un gran jardín donde todos son como hermosas flores"

—Pero si tú no estás conmigo ¿A quién voy a contar mis cosas? Yo no tengo amigos, tú eres mi único amigo.

—Como yo estaré en un jardín, vas, a tener que inventar mariposas para que me busquen y verás que me encontrarán.

—Pero, y sí las mariposas las atrapan antes de que te encuentren, la persona que las atrape sabrá lo que te mando a decir, contestaba el chico preocupado.

—Entonces vas a tener que pintarlas de diferentes colores para que nadie se de cuenta del verdadero color que lleva tu mensaje. —Sonrió.

El chico al ver que todas sus objeciones estaban respondidas se durmió tranquilamente.

A los tres meses, el padre del niño murió en un accidente. El niño cayó en un vació inimaginable y en una soledad que lo consumía poco a poco; se pasaba llorando en silencio y nadie le podía ayudar.

Un día, cuando él se encontraba escondido en medio del jardín de su casa, vio como unas mariposas que se posaban sobre las flores y fue entonces que se recordó de aquella conversación que había tenido con su padre unos meses atrás. Sonrió y se preguntó: "¿Cómo podría inventar mariposas para que lleven un mensaje a mi papá?"

Corrió a su cuarto para buscar papel y lápiz; luego, comenzó a escribir todo lo que quería contarle y al terminar, se puso a leer cuidadosamente para cerciorarse que había escrito lo correcto. Al constatar que habían muchas cosas que no quería que las otras personas supieran, se puso triste porque se dio cuenta que sus mariposas no las podía dejar volar.

De nuevo, en su silencio, se recordó que su padre le dijo que las pintara de diferentes colores. Se quedó pensando y se preguntó: "¿Qué color le tengo que poner para que nadie descubra lo que quiero contar?" Un poco decepcionado se contestó: "no importa el color que le ponga, todos podrán leerlo". Se quedó pensativo.

Buscando la respuesta, fijó la mirada en la biblioteca. Al despertar de su pensar, vio que frente a él se encontraba el libro que su padre leía por las tarde. Era un libro de poemas. La respuesta apareció como por arte de magia "escribir en forma de poemas", sonrió y se dijo: "así nadie sabrá verdaderamente qué es lo que quiero decirle a mi padre, sólo él. Porque él me conoce y sabrá qué es lo que mi alma quiere decirle". A partir de ese día, comenzó a escribir poemas que para él no eran poemas sino alegorías de su alma que buscaban escapar de su laberinto cotidiano. Cada vez que escribía uno lo trasformaba en mariposa.

Luego, encontró otro problema para comunicarse con su padre: las mariposas no podían volar, se quedaban ancladas en su escritorio. Pensó y dijo: "cada vez que escriba uno, cerraré los ojos y lo lanzaré al vacío; de esa forma, mi padre lo recibirá y él me responderá en mi corazón".

El chico comenzó a desenvolver las cuerdas de su imaginación literaria porque necesitaba vaciar todo lo que había guardado dentro de su alma. Escribió tanto que en poco tiempo muchas mariposas salieron volando de su habitación, como nubes de colores buscando un espacio en el cielo; escribía por todo y de todo, cuando estaba triste o alegre, cuando tenía dudas o penas, cantar o llorar y así le contaba todo a su amigo. Tenía una gran cantidad de poemas y volaban entre las páginas de sus libros. Nunca se aprendió ninguno porque para él ya los había echado a volar y nunca esperaba que regresaran. Desde el primer día, siempre cargaba en su bolsillo un lápiz y algunas servilletas de papel, por ser más cómodas para escribir. Sus amigos, al descubrir sus escritos siempre le preguntaban: "¿A quién le escribes tantos poemas?" Y él les respondía simplemente: "no son poemas, son mariposas de papel", y una sonrisa se dibujaba en su rostro.

El padre de Romax, al terminar el cuento, le dijo al hijo: "quiero que tú también aprendas a escribir mariposas de papel para que cuando no esté contigo podamos seguir conversando como lo estamos haciendo hoy". El chico no muy convencido y un poco triste le confirmó su intención moviendo la cabeza. El miedo a la muerte de su padre no se le fue y su presencia siempre estuvo cerca; otros temores también salieron a la luz.

Romax en ese tiempo no había podido superar el miedo a la oscuridad y su padre, para ayudarlo a superar esa situación, le obligaba a realizar ciertas tareas por las noches. Algunas eran: ir a cerrar puertas, bajar aves de los árboles o simplemente hacer compras. Siempre le decía: "el miedo se vence solamente enfrentándolo". Éste comprendía las palabras, pero la verdad era que del dicho al hecho había mucho trecho, porque el miedo que sentía era demasiado real y no se lo quitaban ni a palos.

Sin embargo, siempre la vida se encarga de poner las situaciones justas y necesarias para que uno vaya superando los diferentes problemas que lo agobian. Así pasó en este caso, una vez que estaba de vacaciones donde una tía que vivía como a veinte y cinco kilómetros de distancia de su pueblo, al otro lado del río Paz, en la parte guatemalteca. Éste se vio enfrentado a la oscuridad por cuenta propia sin tener otra opción que seguir adelante.

Romax se creía un hombre leal con sus familiares y por defender a uno de sus primos, se metió en un gran lío. Estaban jugando en la calle a realizar una especie de guerra entre bandos con olotes secos que no pesaban mucho. Habían dos bandos, el de Romax y el de los vecinos. Ambos tenían buena cantidad de municiones, pero al bando contrario se le terminaron las balas, como ellos le llamaban. Entonces, éstos comenzaron a utilizar piedras en su lugar quebrando las reglas del juego. Ellos adujeron que en la guerra se valía de todo.

Uno de los primos de Romax se vio golpeado en la espalda con una piedra y se puso a llorar; Romax se enojó mucho y cogió valor para enfrentarlos; recogió muchas piedras y lanzó una enorme cantidad de ellas en forma de ráfagas que provocó que muchas golpearan a los chicos, y una muy grande le pegó directamente en el centro de la cabeza a un amiguito de juego. Al instante, este soltó un chorro de sangre que le bañó el rostro y "el patojo", niño, se desmayó del susto. Todos gritaron: "¡lo mató Romax!". Al escuchar los gritos y las acusaciones, éste se asustó mucho y de inmediato salió corriendo para ponerse a salvo como a cincuenta metros más o menos del lugar de los hechos. Estaba en medio de la carretera polvosa que llevaba al pueblo llamado " Ciudad Pedro de Alvarado".

La gente mayor, inclusive la tía de éste y la madre del golpeado, salieron a ver qué pasaba y al ver al herido inconciente, se abalanzaron sobre él para prestarle ayuda. Al preguntar quién había sido el culpable, los primos se quedaron callados pero los vecinos apuntaron en dirección del chico que observaba la escena en la distancia. La tía lanzó una condena con fuego y rayos: "¡Tráiganme a ese patojo "niño" desgraciado que le voy a dar una buena tunda!".

La tía mandó a sus hijos por el culpable, pero éstos comenzaron la persecución a regañadientes y como no queriendo hacerlo porque sabían lo que le esperaba a su amigo de juegos. Por otro lado, Romax permanecía como venado arisco a lo lejos afinando sus oídos y ojos; al escuchar la advertencia y conociendo los arrebatos de la hermana de su madre, no pensó dos veces en comenzar a correr para salvar su pellejo. Al principio lo hizo trotando con la vista puesta en sus primos que obedecían caminando, la madre de éstos tomó una piedras y se las lanzó para que apresuraran el paso; al iniciar a correr, Romax, igualmente, se puso en modo huida. Corrió como alguien que lleva una brasa en el trasero, muy rápido.

Cuando eso ocurrió, la tarde estaba comenzando a caer para darle entrada a la noche. Los gritos de la tía en la distancia, le recordaban al chico que no había vuelta hacia atrás y tenía forzosamente que continuar su camino. Su casa se convirtió en su única obsesión y aunque los primos le gritaban que se parara, su idea estaba fija: el mejor lugar del mundo en ese momento, era su hogar.

Romax corría tratando de mantener la distancia entre sus primos y él porque su mayor miedo, en ese instante, era que lo atraparan; claro que después de un buen rato, los gritos de sus familiares se dejaron de escuchar y fue ahí que cayó en la cuenta que trotaba en plena noche y solo. Al tomar consciencia de la situación, su más antiguo temor, el miedo a la oscuridad, salió a flote en el peor de los momentos. Todo se volvió más negro y los ruidos que esconde el campo aumentaron su intensidad. Él chico no quiso detenerse por temor a no poder continuar y quedar paralizado a media montaña. Mientras corría trataba de mantenerse en control de la situación, es decir mantenerse tranquilo, seguir avanzando y no dejar que todo lo exterior tomara importancia.

Todo parecía ponerse en confabulación del "cipote", los ruidos provocados por los grillos, sapos, tecolotes, murciélagos, comadrejas, culebras y ratones se armonizaban para componer una sinfonía fúnebre que lo hacían erizarse la piel.

Para evitar entrar en pánico trató de buscar un mecanismo que le ayudara a sobrepasar esa situación. Fue entonces que su madre entró en acción, los rezos aprendidos a regaña dientes le recordaron que Dios siempre está en todas partes y nunca deja solo al necesitado. Comenzó a rezar el "Padre Nuestro" a baja voz provocando de inmediato un alivio en el corazón, la confianza que le dio la oración hizo que los ruidos disminuyeran de intensidad hasta entrar en un silencio total.

Visto desde lo exterior, se podría decir que el medio ambiente fue dominado completamente por el rezo del muchacho; mientras corría lo único que se escuchaba era un ajetreo, unas palabras poco entendibles y un respirar que tomaba intensidad a medida que se acercaba a las cosas y personas.

El chico se concentró tanto que llegó a tomar un control de su respiración, de su ritmo de carrera y de su objetivo a corto plazo: el camino que a penas distinguía. El resto de las cosas pasó a segundo plano.

Cómo sucede en muchas situaciones, el agredido se convierte en agresor. En nuestro caso, el miedoso se convirtió en provocador de miedo. La gente que transitaba por el mismo camino comenzaba a escuchar palabras entre cortadas que los ponían en situación de alerta; después, cuando el ajetreo, la respiración y la imagen nocturna se acercaban poco a poco y se hacía presencia viva, la imaginación los traicionaba. Lo único que faltaba era que alguien expresara miedo para que el resto lo siguiera, el resultado era que los gritos se hacían sentir y el desparpajo provocado por la desbandada era despampanante. Unos saltaban cercos de púas, otros salían corriendo y gritando como locos y más de alguno se ponía a llorar y orinar del miedo.

El muchacho cuando observaba la escena no le quedaba otra opción que correr más rápido y rezar más fuerte para mantener el control, claro que dentro de sí un deseo a reír le murmuraba fuerte. Una sonrisa le brotó en el rostro y por un momento perdió el control, y fue ahí que se produjo otra escena cómica. Unos jinetes que acaban de pasar el río Paz, al escuchar los gritos en la distancia, decidieron detener su marcha para tratar de descifrar lo que sucedía. Fueron los caballos que detectaron primero la presencia del chico, ellos se comenzaron a agitar y atrajeron a atención de sus amos. De repente, el chico estaba a pocos metros y los caballos comenzaron a relinchar muy fuerte; el corredor, que iba muy de prisa, cuando se percató de la situación estaba pasando en medio de los animales. Fue en ese instante que los jinetes vieron pasar la sombra del chico corriendo en medio de ellos, su instinto les hizo sacar las armas y disparar al aire para ganar valor. Los caballos se desbocaron y salieron corriendo sin control en dirección opuesta a la del joven.

El cipote llegó a orillas del río y no tuvo tiempo de pensar en nada, simplemente lo atravesó tal como iba. Él siguió su camino con la certitud que su casa estaba cada vez más cerca, pero no sabía que aún las sorpresas lo estaban esperando. Una culebra se le atravesó en su ruta y al pararse sobre ella, la tierra pareció tambalearse. Un grito que salió del fondo de su alma y desgarró su cuerpo se escuchó a mucha distancia, un silencio total se produjo de inmediato. Las palabras de su abuelo se hicieron presente y lo pusieron alerta "cuando alguien se para en una cascabel es mejor no quedarse parado porque ésta lo persigue por un buen rato hasta morderlo". Queda de más decir que la velocidad fue aumentada y la sensibilidad de los ruidos igualmente. Otro grupo de personas que venían en sentido opuesto experimentó la misma sensación y la reacción fue la misma que el primero.

Romax no paró de correr hasta que llegó a la luz del pueblo donde vivía, "El puente Arce". Ahí pudo respirar más tranquilamente. Ni él mismo se creía lo que había realizado porque antes de eso, aunque le pagaran un millón de dólares no lo habría hecho. Al llegar a su hogar, como a las tres horas de camino sin descansar, su padre fue quien lo descubrió en la puerta de entrada. Conociéndolo, sospechaba que había hecho algo grave para que se hubiera atrevido a caminar de noche. Le hizo algunas preguntas, pero sólo obtuvo respuestas vagas. En el fondo le dio agrado que al fin el chico venciera el miedo a la oscuridad. Su madre, en cambio, al recibir al día siguiente la noticia de lo que había hecho su hijo, lo despertó con una buena tunda de golpes.

Desde esa fecha, en los alrededores se promovió una leyenda que llamaban de diferente manera: los salvadoreños le llamaban la leyenda del "cipote orador" y los guatemaltecos, el "patojo llorón". Claro que le pusieron pies y cabeza a la leyenda. Unos decían que salía cada luna llena; otros que se veía correr por los montes gritando y saltando; algunos que lo habían escuchado orar letanías de perdón mientras corría; hasta decían que volaba sobre las aguas y maldecía el cielo su suerte, y así sucesivamente. igualmente, la religión entró al discernimiento y llegó a la conclusión que era un espíritu que andaba en pena por las malas cosas que había hecho, que lo perseguían los seguidores del malvado para llevarlo al infierno, pero los pescadores aseguraban que era un espíritu bueno porque siempre que pasaba era seguro de que la pesca sería abundante.

Romax entró a la pubertad por la puerta trasera porque parecía que los demás chicos y chicas, de su misma edad, lo habían dejado atrás. En broma le decían que su desarrollo se había retrasado. Todos sus compañeros ya habían comenzado a cambiar la voz, la de niño les había quedado atrás y la ronca, de hombre, había salido a relucir; la gente les decía en son de broma que habían comido sompopos. Además, el aspecto de ellos ya no era el de un pequeño sino el de un joven. Sus amigos ya andaban detrás de las mujeres y éstas también se ponían a coquetear con ellos. Para él, las jóvenes de su edad no eran muy atractivas porque las veía muy cursi, en cambio las mayores le provocaban sueños mojados muy a menudo. Según el muchacho, la diferencia era muy grande: las niñas no tenían desarrollado todos sus atributos y no poseían ninguna experiencia en el campo del sexo. Él siendo un "Teófilo" en la materia quería alguien que le supiera mostrar el camino y lo educara en ese campo tan buscado por el hombre.

Hasta ese día, lo único que había hecho era espiar a sus vecinas que acostumbraban bañarse semi desnudas en un baño que daba justo a la ventana de uno de los cuartos de la casa del muchacho. Fueron sus primos mayores quienes le enseñaron las técnicas de la masturbación y del sexo. Él único problema era que éstos no eran expertos en la materia y le mostraron un camino muy tosco. Ellos trataban a las mujeres como simples animales y hacer el sexo era simplemente saciarse sin importar lo que la otra parte pensara o deseara. El chico, a esa edad, ya analizaba la situación y no aceptaba que se tratara de ese modo al sexo femenino. Quiso preguntar, pero las respuestas fueron tontas y muy machistas; prefirió investigarlo por su cuenta para no pasar de tonto. Algo que le fastidiaba mucho era que las chicas se comportaran de una manera muy vulgar, luego se dio cuenta que también ellas estaban en la ignorancia y deseaban ahondar, igualmente, en el tema.

Los juegos de niños comenzaron a tomar otro rumbo y la curiosidad en ambos sexos los llevó a investigar más a fondo sobre el asunto. En las noches, cuando jugaban al "escondelero", juego de nocturno que consistía en esconderse para que alguien los encontrara, se unían por parejas y se ocultaban en la oscuridad. Los árboles, los matorrales, los cuartos, las esquinas y debajo de las camas; eran los lugares preferidos. Por lo general, los integrantes eran de la misma edad o se llevaban pocos años de diferencia; aquellos que eran más precoces, las mujeres, escogían su pareja para no estar solas porque les daba miedo la oscuridad. Éstas aduciendo que tenían temor se pegaban a los hombres y entre abrazo y abrazo se acariciaban de manera indirecta. Solamente una de ellas fue más atrevida y llegó al extremo de acariciar el sexo del chico cuando éste estaba excitado. Su primera reacción fue miedo y enojo, pero en el fondo le agradó ese atrevimiento. Esa experiencia le dio la pauta para un día aventurarse por la noche a la cama de una de sus primas mayores que era muy hermosa y poseía unos pechos muy frondosos; la bella durmiente se hizo la que no sentía y lo dejó aventurarse hasta donde el chico fue capaz de llegar, no llegó a pasar mas de unas breves caricias porque el sostén le impidió llegar a otra cosa.

Hasta ese día, la muchacha no le dio mayor importancia a la situación y quizás lo vio como una oportunidad para sentirse amada y saber que se siente ser acariciada por un hombre; ella, aunque fuese mayor de edad, nunca había tenido novio. También, pensó, que Romax siendo muy jovencito no le haría daño y a ambos le ayudaría esa experiencia; la chica ya había notado que el chico se perdía viendo sus grandes pechos. A decir verdad, ella lo seducía con picardía sana abrazándolo muy fuerte para que la cara quedara en medio de sus pechos. Ella le decía que le fascinaban los labios en forma de corazón, muy carnudos y las pestañas volteadas del muchacho; pero lo que más le gustaba era verlo excitarse.

En la casa de Romax sólo había un cuarto grande de dormitorio para todos los hijos, cabían camas con colchón de algodón, dos de lona y dos hamacas. El resto se quedaba en el piso fresco que en verano era la mejor solución. Cada noche el cipote se aventuraba un poquito más. Ésta le facilitaba el trabajo vistiendo ropa suelta y quitándose el sostén al apagar la luz. Ella lo esperaba y la señal que le daba era cuando comenzaba a roncar, más o menos una hora después de acostarse. El cipote siempre la dejaba muy excitada porque al menor quejido que ella soltara, él se asustaba y se marchaba de inmediato. Pero una noche de fuerte tormenta, el niño sintió mucho miedo y temblaba; ella lo sintió y lo invitó calladamente a acercarse porque también estaba atemorizada. En ese momento, la chica estaba en sus días y su cuerpo le exigía mucho cariño. Desde que se acostó a su lado le pidió que la abrazara fuerte, muy fuerte porque tenía mucho miedo. El joven muy noblemente aceptó la invitación y se pegaron como dos partes inseparables; Romax no tardó mucho tiempo en excitarse y ella lo sintió porque el chico sólo tenía puesto su calzoncillo; la mujer muy inteligente lo apartaba dulcemente para que se calmara, pero luego se volvía a pegar como mosca a la miel para volverlo a excitar. Después de un rato de juego inocente, ella sintió la necesidad de algo más y le dijo al oído que tenía sueño, que no la dejara sola; se medio separó de él. A los pocos minutos, aduciendo que hacía calor, aprovechando que la tormenta estaba fuerte y escondía los ruidos, se bajó los tirantes de su bata y dejó libres sus dos hermosos pechos; la invitación estaba hecha.

En la oscuridad de la noche y con la claridad que ofrecía cada relámpago, los dos volcanes gemían de necesidad; ella respiraba fuerte y los levantaba a propósito. Romax que no les quitaba la vista desde que los dejó al aire libre, comenzó su travesía con la punta de su dedo anular; suavemente le fue contornando hasta llegar a su pezón y ahí se le unieron los otros dedos, medio lo apretaron y ella soltó un quejido de placer. Conociéndolo, antes que saliera huyendo, con su mano retuvo la mano del chico y juntas apretaron su pecho muy fuerte. Con la otra mano, la chica le tomó la cabeza y la condujo para que la boca del jovencito besara por primera vez los pechos de una mujer; sólo le enseñó el camino y el caminar lo hizo él, pero cuando apretaba mucho lo calmaba. Romax no se conformó con los pechos porque quería conocer más, aprovechando que la joven estaba excitada, metió las manos entre las piernas y acarició por primera vez la parte mojada de su amada. Ella no pudo impedirlo porque su deseo se lo impedía, no le pidió que se subiera porque la poca dignidad que le quedaba se lo impidió. Romax se mojó y al final se quedó dormido como un angelito. En la madrugada lo despertó para que se pasara a su sitio; ella le hizo prometer que no lo contaría a nadie porque la perjudicaría mucho; el muchacho siendo de buen corazón lo prometió. Desde ese día, la muchacha no volvió a dormir cerca del chico, pero no fue por él, sino por ella; no se sentía capaz de aguantar otra noche de esas sin ir más allá.

En esa dinámica de descubrimiento estaba cuando llegó una oportunidad que todo niño entrando a la pubertad desea tener en su vida, que alguien le muestre el camino del amor. Ese tema que todo el mundo habla y que nadie se atreve a clarificar. No se sabe si el chico tenía la imaginación muy agudizada o a todos los de su edad les pasaba lo mismo. Dos aventuras, casi al mismo tiempo, lo empujaron de lleno a la pubertad.

El primer caso fue con una profesora muy guapa, la más hermosa de la región. Todos los alumnos sin excepción soñaban pasar una noche con ella y muchos se atrevían a soñar despiertos. Las malas lenguas decían que muchos se habían acostado con la educadora y que un profesor, compañero de trabajo, era su amante.

Un sábado, el padre de éste lo envió a verificar un foco a la casa donde la mujer vivía. El papá no era ignorante de los sentimientos del chico con relación a la joven que apenas tenía unos veinte años. Claro que el sobrenombre de "coca cola" que tenía explicaba exactamente el tipo de mujer que era físicamente hablando. Sus curvas estaban muy bien definidas y sus dotes de mujer muy bien proporcionados, sin contar una sonrisa que botaba cualquier barrera.

El cipote tenía miedo a estar a solas con ella por temor a dar a conocer su debilidad, mas no sabía que ésta tenía una buena idea de la situación. Era fácil darse cuenta de ello porque todos los admiradores, inclusive el chico, se ponían en lugares estratégicos para espiar todos los movimientos de la mujer, que a menudo llegaba con minifaldas. Éste tenía el privilegio de estar más cerca de su admiradora por la amistad que ésta poseía con su padre.

Cuando le propuso el trabajo a realizar, éste no pensó de manera positiva; primero porque tenía un partido de fútbol a las diez de la mañana y segundo porque la idea de estar a solas con la joven le provocaba mucha ansiedad. Su progenitor no lo hizo con mala intención, él mismo tenía planeado realizar otros trabajos más complicados con los hijos más pequeños. El hecho era que estaban en la última semana de exámenes y caían en vacaciones; por lo tanto, la profesora se iría para su pueblo y deseaba dejar todo arreglado para su regreso.

El chico planeó hacer el trabajo muy rápido y salir de ese lugar lo más pronto posible, sin saber que esa experiencia le marcaría el resto de su vida. Se presentó muy temprano, a las siete de la mañana, a la casa de la señorita que todavía estaba acostada. Ésta abrió la puerta un poco mal humorada, pero al ver al chico cambió su actitud porque había sido ella quien había pedido el trabajo. La muchacha tenía los ojos un poco rojos, parecía que había llorado.

El lugar no era muy grande dos cuartos: una gran salón, donde se encontraba la cocina, el dormitorio y la sala; el otro cuarto era en donde se encontraba el baño. El toque femenino se veía plasmado en cada detalle: flores en el centro de la mesa, cuadros en la pared, olores agradables, todo muy bien ordenado y limpio.

La chica le enseñó donde tenía que realizar el trabajo, la lámpara que estaba sobre la mesa del comedor, y se dirigió a su cama que estaba en una esquina con la intención de seguir durmiendo. Ella tenía puesta como pijama una camiseta grande y una calzoneta que se había colocado de prisa al escuchar los golpes en la puerta.

El chico se metió de lleno al trabajo, pero la curiosidad le ganaba el mandado; la mujer se veía sumamente hermosa acostada de espaldas y en posición fetal. Desde donde estaba, subido sobre la mesa de comedor, podía fácilmente dibujar la figura de la mujer. Los bordes de ésta se movían sutilmente como las cordilleras que recorrían lo largo del litoral.

El trabajo se le complicó al muchacho y tuvo que desarmar todo para tratar de encontrar el problema; mientras tanto, la mujer no pudo reconciliarse con el sueño y decidió bañarse, pero antes se puso a realizar algunos ejercicios de abdominales. En eso estaba cuando observó al chico que se había quedado quieto observándola y le pareció cómica su actitud. Con un poco de picardía, le invitó a que le ayudara en los ejercicios deteniéndole los pies.

Algo nervioso se acercó a ella y se colocó a sus pies; ésta continuó realizando su labor con más determinación y el sudor comenzó a mojar su cuerpo. Él chico supo entonces la razón que provocaba la expresión y dinamismo de la escultura de la profesora. Ninguna marca de grasa se observaba en toda su figura.

Mientras ella hacía sus ejercicios, una cierta comunicación se estableció entre ambos y la confianza se fue instalando poco a poco. El joven estaba encantado porque entre más ejercicio hacia la muchacha, el sudor provocaba que la camiseta blanca se pegara a su cuerpo y sus dotes femeninos parecían clarificarse ante los ojos del pequeño. Además, desde su posición, cada vez que subía y bajaba, la calzoneta deja entrever la parte íntima, la imaginación hacía el resto y su cuerpo respondía excitándose. Ella cambiaba de posición y el chico se colocaba de diferente manera para ayudarle, el aspecto sexual estaba presente.

Al terminar, la chica quedó rendida sobre la cama y él sentado sobre las piernas de ésta. La joven mujer había quedado completamente agotada y mojada, cerraba sus ojos queriendo retomar sus fuerzas, su sexto sentido le informó que el cipote la estaba devorando con sus ojos. La muchacha se hizo la desentendida y continuo respirando profundo a sabiendas que eso hacía elevar el volumen de sus pechos; el resultado de este acto provocó tanta excitación en el joven que no tardó mucho tiempo en dirigirse al baño para orinar, éste quería evitar la vergüenza de venirse en seco.

A su regreso se sentó al borde de la cama, ésta se había incorporado y sentado en la cabecera. Al ver la timidez del muchacho, lo invitó para que se sentara a su lado y, en cierta manera, provocar una conversación. La mujer estaba interesaba en conocer la opinión que la gente tenía de ella y éste, siento callado, tenía la cualidad de escuchar y observar lo que pasaba a su alrededor.

La maestra comenzó su interrogatorio de una manera muy sutil, tocando las cuerdas sensibles del estudiante.

—¿Crees que soy una mujer hermosa?, le dejó escapar de golpe la pregunta al muchacho.

—Sí. Respondió tímidamente sin levantar la mirada.

—¿De verdad?, preguntó deseando escarbar más sobre el asunto.

—Muy hermosa. Agregó a voz baja.

—¿Qué tan hermosa? Le tocó la barbilla para que éste le viera a los ojos.

—Los chicos dicen que es la mujer más bella de toda esta zona. —Soltó una sonrisa que denotaba que él compartía la misma opinión que ellos.

—¿Por qué dicen los chicos que soy bella? ¿Qué les gusta de mí?

—Todo, les gusta todo. —Respondió muy avergonzado.

—¿Qué es todo? Tienes que ser más preciso, insistió viéndole a los ojos.

El chico no quería entrar en detalles porque sentía que se estaba metiendo en terreno resbaloso.

—Yo sé que a los hombres les gustan mis piernas, mis caderas y mis pechos. ¡Eso no es un secreto para mí!. —Afirmaba algo para buscar en el pequeño ahondar en los detalles. Inclusive sé que me tienen puesto varios sobrenombres.

Éste al escuchar las palabras de la mujer sonreía dando a entender que ésta había acertado.

—¿Cuáles son los apodos que me han puesto? Anda, ¿Dímelo? No me voy a enojar. Le acariciaba el cabello y le dijo: "sabes que tienes lindos labios y pestañas volteadas", el chico se sintió cohibido.

—¿Por qué quiere saberlo? A veces no es bueno saber la opinión de la gente. —Le habló muy serio.

—Es verdad, pero también es necesario conocer la opinión exterior para saber cuál es la imagen que se está dando. Por eso me intereso en conocer la opinión de los demás. Solamente quiero confirmar lo que ya sé.

EL muchacho se quedó pensando unos segundos y le respondió:
—Le llaman "Coca Cola".

Ella sonrió y dijo: " ¡Vez, ya lo sabía! Lo dicen por mi cuerpo, muchos pechos y muchas caderas.

—Pero también porque cumple lo que dice el slogan publicitario: "¡Es la chispa de la vida!". Él pequeño lo dijo de tal manera que su expresión denotaba mucha picardía y dejaba entender un mundo de fantasía.

La profesora al escuchar la respuesta se puso a reír de buena gana porque se dio cuenta que eso no lo sabía. Lo abrazó muy fuerte.

—¿Y eres de la misma opinión?

Afirmó con la cabeza, pero se quedó callado como queriendo esconder otra verdad que no quería compartir. La maestra, con más años de experiencia, supo descifrar el silencio.

—¿Qué más dicen de mí que no compartes? Lo dijo de una manera seria que no daba oportunidad de irse por la tangente.

—Dicen que a usted le gusta acostarse con los estudiantes. Entre ellos, algunos aseguran que ya lo hicieron. Pero yo no les creo. —Agregó para suavizar el golpe.

—¡Eso dicen! — Lo dijo muy seria y un poco decepcionada.

— "Mi padre dice que la lengua es la peor de las armas y que no se debe hablar en mal de las personas sino se tiene la seguridad de lo acontecido. No debe hacerles caso, porque si fuera así a mí ya me hubieran fusilado. La gente dice que yo soy un mátalas callando, mi madre me dice caite de Judas y mis familiares que soy una oveja perdida. Ninguno tiene la razón. No me considero un santo, pero de eso a compararme con el hijo del diablo hay mucho trecho. Para mí usted es la mujer más bella que han visto estos ojitos, lo digo no por su cuerpo sino porque dentro de cada mujer siempre hay una diosa. Mi padre dice eso último. —Cómo dándose cuenta que ha cometido un error, agrega. Por favor no me malinterprete por lo de su cuerpo. Yo comparto la opinión de los muchachos y considero que su cuerpo es bellísimo. Se quedó viendo en el vacío y continuó hablando: yo la veo cada día y me parece un sol porque aclara los ojos de todo el mundo; una luna porque nos enamora por las noches; una montaña encantada porque nos lleva por lugares de fantasía; una canción de amor porque nos hace cantar a solas; una guitarra en la noche porque saca sinfonías de la nada; una estrella inalcanzable porque aunque cerca no la podemos tocar; una mujer nada más porque sus dones no se pueden comparar. En definitiva, una princesa porque en esta comarca es la mas bella". Se calla y se da cuenta que se escapó en su pensar y no sabe el resultado de su andar.

De tanto hablar no se había dado cuenta que la mujer estaba llorando en silencio. Al verla, sintió que el corazón se le partía en mil pedazos.

—¡Perdóneme! Por favor no crea lo que le he dicho, las personas son tontas.

—No te preocupes, me puse sentimental al escucharte hablar. —Se secó las lágrimas con sus manos.

—No estoy llorando por lo que dice la gente, me puse sentimental porque nadie había hablado tan bonito de mí como tú. ¿Quién te ha enseñado ha hablar de esa manera?

—Nadie. Quizás he aprendido un poco de mi padre. Lo dijo sin mucha malicia.

—Tienes razón sobre todo lo que dices, la gente siempre aumenta las cosas. Yo te aseguro de que son mentiras, con ningún estudiante me he acostado. Sé que dirán cosas sobre mi relación con el profesor de Inglés, pero él y yo somos buenos amigos. Te confesaré que me ha lanzado muchos piropos, pero sé que es un hombre casado. Aunque no es fácil para una mujer soltera vivir sola en los pueblos porque todos los hombres creen que uno se está muriendo por acostarse con medio mundo. Lo peor es que lo publican por todos lados, no son discretos y quieren ir directamente a la cama. Lo tratan a uno como si fuera una prostituta que se vende a cualquier postor. Tienes que saber que a las mujeres nos encanta que nos traten con mucho cariño, que nos respeten y sobre todo que no nos vean como un objeto sin valor. Se quedaba un poco enojada porque su rostro la traicionaba.

Al escucharla hablar, el chico comprendía que él también había cometido el error de juzgarla, se sintió muy pequeñito al lado de la chica. La profesora era toda una mujer por dentro y por fuera.

—¡Yo le pido perdón! Porque confieso que siempre la había visto como un objeto que se desea; hermoso, pero al final un objeto. No le niego que sus piernas y pechos me han hecho soñar; me seguirán gustando porque mi opinión sobre usted no ha cambiado: sigue siendo la mujer más bella que he conocido. Pero a partir de ahora, le diré que me gusta más la mujer que está por dentro.

La mujer se emocionó tanto con las palabras del chico que en un impulso lo abrazó fuerte provocando un escalofrío inmenso en él. Era muy bonito que una chica lo abrazaba con el deseo de llenar un sentimiento femenino. Al mismo tiempo, alguien tocó a la puerta y la muchacha le hizo la señal de mantenerse callado. Después de varios intentos infructuosos, la persona se alejó sin pronunciar palabra alguna. La profesora le dijo:

—Hay que evitar que las lenguas sigan hablan en mal. Era uno de los profesores que la había ido a buscar. Se levantó y se dirigió al baño.

Mientras ella se fue a dar un baño, el chico terminó el trabajo por el cual había llegado. Éste se quedó sentado al borde de la cama esperando que la maestra terminara de bañarse, ambos seguían hablando, cada uno, de sus respectivos lugares. Esa mojada sirvió para que la mujer calmara sus emociones y retomara su espíritu.

Al terminar de bañarse, le pidió que le alcanzara una toalla para secarse. Él muchacho muy obediente se acercó al baño y se la dio. Cuando ésta se acercó a agarrar la toalla, en la cortina transparente se dibujaron los pechos hermosos de la bella dama. Él corazón comenzó a palpitar como queriendo dar un ataque cardíaco; ella lo observó y le tocó la cabeza con la mano con mucho cariño, como diciéndole mira todo lo que quieras. Ella salió envuelta muy fresca y hermosa, se dirigió a buscar unos pantalones mientras que el visitante no le quitaba la vista, la chica lo intuía.

Cuando ya tenía las prendas para vestirse se le quedó viendo y al verlo casi con la boca abierta y los ojos desorbitados de la emoción, le dijo:

—¿Cómo me ves?

—Divina, le dijo sin hesitar.

—¡Gracias! Pero ahora tienes que darte vuelta como un chico educado porque tengo que vestirme.

Ella lo hizo con toda la calma del mundo para darle el tiempo al chico de degustar un pastel que no podía tocar —hasta ese momento— porque sabía que el joven estaba espiando de reojo, su reflejo se posaba sobre una olla de metal. Se colocó suavemente su blúmer blanco, su calzoneta de flores y una camisa blanca con el nombre de una universidad de Estados Unidos, el sostén no quiso ponérselo porque no pensaba salir y era más cómodo andar con los pechos libres. Después de vestirse, le dijo:

—Ahora ya puedes voltearte. ¿Qué opinas? ¿Cómo me veo? Se dio una vueltecita para modelarle.

—Mi padre tiene razón, sí existen las diosas. Usted es una de ellas.

—¡Qué lindo eres! Lástima que eres muy pequeño, sino yo misma te enamoraría para conquistarte. No cambies porque si sigues así, serás un gran hombre.

—¡Yo ya no soy un niño!

Se lo dijo con tanta convicción y deseando ser considerado como un hombre que la chica para no lastimarlo se le acercó para abrazarlo.

—Es verdad, pero tampoco eres un hombre. Tienes que buscar chicas de tu edad, no tan viejas como yo.

—Las chicas de mi edad no me gustan, son muy niñas. —Respiró profundo— ¡Qué diera yo porque una mujer como usted se fijara en mí! Creo que me convertiría en el chico más feliz del mundo al tener de novia a alguien así.

Ambos seguían abrazados deseando ser cada uno de edades diferentes para tener la oportunidad de quererse.

—Te propongo algo. —Le dijo ella muy suave— Cómo yo no tengo novio y tú no tienes novia, para evitar que la gente hable de nosotros, diremos que tenemos pareja. Claro, si quieres ser mi pareja, pero sólo de palabra. —Le advirtió para que no se hiciera otras ideas.

—¡Su novio! —Exclamó con una luz en su ojos— La verdad a mi no me importa lo que dice la gente, pero sólo el hecho de considerar que usted me considere su novio me causa mucha alegría. ¡Acepto! Eso sí, mis novias me tienen que respetar.

—Claro que sí. Yo te respetaré, pero este trato sólo es entre tú y yo. Sí lo rompes se rompe el contrato.

—Trato hecho. Dijo el chico muy orgulloso de su estatus.

Éste se quedó viendo el cuarto y dijo: a mi novia le hace falta "un toma de corriente" cerca de su cama para que conecte la radio, de ese modo no estará sola.

—Es verdad, confirmó ella sonriendo. ¿Crees que a mi novio le gustaría hacer ese trabajo?

—Su novio estaría orgulloso de ayudarla. Le diré que venga entre semana.

—El miércoles después de los exámenes estaría bien.

—Me parece una buena idea. Lo estaré esperando.

El chico salió de la casa muy feliz, a su padre le contó un montón de mentiras para ocultar los motivos de su retraso. A partir de ese día, todas las noches soñaba con ella y terminaba mojado.

El miércoles cómo acordado, él se presentó a la casa y la maestra lo estaba esperando con almuerzo porque sabía que no había comido. Ambos comieron y platicaron como grandes amigos, luego el muchacho se puso a trabajar mientras la maestra se puso a corregir los exámenes. Cómo a eso de las tres de la tarde, cómo el calor era muy fuerte, la mujer le ofreció compartir una limonada. Ambos pusieron una pausa en sus quehaceres y se sentaron en la mesa del comedor. Él joven siempre se ponía nervioso cuando estaba cerca de ella y ésta se daba cuenta de ello. Al estar jugando con la cuchara, éste provocó que se le cayera bajo la mesa. Al irla a buscar se dio cuenta que la profesora la había escondido bajo sus pies, ambos se pusieron a jugar peleándose el objeto. El muchacho en su intento por recuperarlo, trató de abrirle las piernas y para su sorpresa la mujer la abrió de par en par mostrándole sus partes íntimas. Un silencio se dio entre ambos y en los segundos que siguieron nadie sabía como reaccionar. Fue ella quien lo atrapó entre sus piernas y metió sus manos para sacarlo por la cabeza.

—Eres un chico pícaro, pero me gusta que seas así. —Se lo dijo de una manera suave para evitar que se sintiera mal. Tienes que saber detectar cuando una mujer te permite algo o no lo desea. Uno de mujer le gusta sentirse querida y a veces le gusta saber si atrae a los hombres, pero eso no quiere decir que uno se quiera acostar con ellos.

El joven que no había salido de la impresión, no le entendió mucho las palabras.

Ella se le quedó viendo y desde el fondo salió una sonrisa pícara, luego le dijo: "a mi no me gustan los novios fríos que no abrazan a sus novias, desde que llegaste no me has dicho nada bonito ni me has abrazado".

Él se le acercó y la abrazó, " ¡discúlpeme! Por no saber como comportarme." Ella no dijo nada y se limitó a abrazarlo, él estaba parado y ella sentada. Luego el comenzó a murmurar palabras cerca de su oído: "en mi silencio he querido decirle muchas cosas lindas, he buscado en los diccionarios y he hablado con gente sabia; pero nadie ha sabido definir lo hermoso que siento al pensar en usted. Las noches han sido eternas y he salido a bailar al son de la luna llena, he recorrido con mis ojos cada parte de su cuerpo y he aprendido de memoria cada sonrisa suya. Me siento tan pequeño a su lado y tan inmenso en mi amor, que ni el cielo ni el mar pueden comparar su grandeza. Tiemblan mis manos al estar en contacto con su puerto y me muero por ser el marinero que se bañe en su huerto, quiero tomar vino de la fuente de su pecho y ser el helecho que florezca en su vientre". Se quedó vacío.

Ella para no demostrar su emoción, porque las palabras del chico le habían baleado el alma, dijo:

—¡Estoy cansada! He trabajado todo el día. —Dijo moviendo el cuello para indicar que tenía estrés.

—Cuando uno está cansado tiene que descansar, es lo más razonable.

—¡Es verdad!, dijo ella dirigiéndose a la cama. Apagó entonces la luz de la sala. y agregó: "¡Acompáñame! Hagamos una pequeña siesta". —Le tomó de la mano suavemente, y lo invitó a seguirla.

Se acostaron uno al lado del otro, el chico puso un poco de distancia para no parecer atrevido, pero ella le invitó a que se acercara. Ella le tomó la mano y la colocó sobre su estómago, apretándole suavemente.

—¡Vigila mis sueños!, le dijo suave. Esa frase ya la había escuchado antes, era una señal que ponía luz verde en el semáforo de una aventura.

La joven estaba vestida muy juvenil con minifalda y una camisa de botones, su pelo lo tenía amarrado con un pedazo de tela floreado. Se veía más joven de lo que aparentaba porque además no poseía ningún color en su rostro. La casa estaba a media luz porque las puertas y ventanas estaban cerradas, solamente la luz que entraba por la ventana del baño daba la claridad que tenían. Las cortinas oscuras ayudaban a dar al aposento un toque de intimidad muy suave.

La chica cayó rápidamente dormida a los pocos minutos, pero el chico que no estaba acostumbrado a hacer siestas continuaba despierto disfrutando de la compañía de su amada. Ella dormía boca arriba y él callado viéndola de costado. El muchacho estaba muy inquieto y la tentación le comía el deseo. Sacó la mano de la prisión donde estaba y se sentó al costado de la bella durmiente; ella lo sintió, pero no le dio importancia.

En el fondo, la mujer estaba deseando ser acariciada, pero no podía decirlo abiertamente. Con la más delicadeza posible, el vigilante se puso a desabotonarle la camisa. Le descubrió los senos y con mucho tacto los acarició con el pecho de sus dedos. Ella despertó de su sueño, pero mantuvo su control porque el aprendiz lo estaba haciendo con mucho amor; más que vulgaridad, éste lo hacía con la curiosidad de un chico de su edad que desea averiguar lo que muchos ocultan cómo algo prohibido. Luego, abotonó la camisa de la misma manera que la había abierto y se dirigió a la cintura de ésta para subirle la falda, la mujer sintiendo que el hombre tenía problemas para realizar el trabajo, porque estaba muy pegada, se movió suave para facilitarle la obra. En ese momento, él supo que tenía toda la libertad del mundo para averiguar lo que deseaba. Le acarició las piernas y le descubrió sus partes íntimas, aunque tuvo el pudor de no quitarle el calzón, pudo conocer el secreto mejor guardado de las mujeres. Con la paz de haber descubierto un tesoro, puso todo en su lugar y se acostó al lado de su amada. Ella habiéndolo observado, en un gesto de aprobación, lo apretó contra su cuerpo.

Pero el fuego interior que había despertado la empujó a pedirle un poco más, no era justo dejarla en ese estado. Le dijo: " ¡Abrázame fuerte, por favor!", lo invitó a que se subiera sobre ella. Mientras lo apretaba y le besaba muy suave la cabeza, le quitaba la camisa y la pantaloneta, el chico se había quedado solamente en calzoncillo. Ella se desabotonó por completo la camisa y lo abrazó fuerte; luego se quitó igualmente su minifalda. Romax tenía su rostro metido en medio de los pechos y se los acariciaba con las manos; la chica que sentía la excitación del joven lo provocó para que éste no aguantara y explotara en mil pedazos como fuegos artificiales en plena primavera. Ella lo sintió y lo abrazó fuertísimo, casi no lo dejaba respirar. Luego, fingió dormir para que el muchacho se diera la grande acariciándola, éste no la defraudó porque aprovechó para beber del elixir de sus pechos y ella le mostró como se puede llevar al extremo a una mujer con los dedos más grandes y largos de la mano. Después de un momento, ella se levantó y se metió al baño aduciendo que había sudado mucho. El chico no sabía que actitud tomar, se quedó esperándola.

La maestra se fue de vacaciones a los pocos días y aprovechó para tramitar su traslado; no volvió al lugar hasta que vino a despedirse. El chico sufrió mucho su ausencia y se refugió en sí mismo, nadie supo de su amor secreto. En su corazón le seguía siendo fiel, aunque cuando ella vino a recoger sus cosas, lo desligó de su contrato. En el fondo, el joven le echó la culpa al pueblo y sus chismes, se juró que un día también lo dejaría.

A los meses, en las vacaciones escolares, experimentó algo que lo impulsaría muy alto en su estima personal. No se había recuperado por completo de su última aventura amorosa cuando del cielo le enviaron dos ángeles que le enseñarían un poco más sobre las relaciones entre los hombres y las mujeres. Él seguía magullando su amor y se mantenía nutriéndose con los recuerdos de su profesora, prefería mantenerse alejado de las personas. La montaña y el río fueron su refugio.

Ese día, no había sido muy especial, para comenzar se había peleado con sus hermanos y su madre le dio una buena corrección que le sirvió como pretexto para irse de pesca; se bañó mucho tiempo hasta que se aburrió sin atrapar nada, pero el final de la jornada fue toda una sorpresa. Eran más o menos las tres de la tarde y como no deseaba regresar pronto al hogar, decidió descansar en la orilla; buscó un lugar apartado para ello como no deseando ser visto. En los extremos de la poza del río, una zarza muy frondosa cubría buena parte de la orilla y en el centro formaba una especie de cueva con una pequeña playita; era el lugar perfecto para esconderse. Se sentó viendo la poza de agua en dirección del país vecino, Guatemala. Luego se acostó sobre la arena y se puso a ver y disfrutar las imágenes que deslizaban como una película.

Se sentía satisfecho después de analizar en detalle la aventura que acababa de vivir. En su rostro se denotaba el gusto de haber tocado el cielo con las manos. Se sintió tan cómodo que parecía que estaba en su hamaca de lazo. Desde ahí veía el sol de la tarde que se pintaba en las aguas mansas del mencionado río, se parecía a la luz que daba el foco de la sala de su casa. Sus ojos se iban cerrando con esfuerzo porque no deseaba que ese día tocara fin.

De repente, un ruido le llamó la atención y con curiosidad trató de averiguar de donde venía. Como no le interesaba que lo descubrieran, se mantuvo en silencio, agazapado pero vigilante.

Entre los arbustos aparecieron dos jóvenes muy agitadas que buscaban atravesar el límite fronterizo; una de ellas, intentó meterse al agua pero la segunda se negó a seguirla mostrando un miedo profundo en su rostro. Se notaba que no sabía nadar.

El chico que seguía la secuencia de la escena, se decía a sí mismo: "¡No lo hagan! Es muy peligroso" Las aguas en ese sector eran muy fuertes y muy profundas. Él mismo, conociendo la zona, no se atrevía a desafiar la corriente.

Estaban en plena discusión a voz baja, una tratando de convencer a la otra para que intentaran cruzar el río. Cuando de repente, de improviso se callaron y se escondieron detrás de unos matorrales. En la distancia, unas voces masculinas parecían buscar o perseguir algo. Él chico se imaginó a la policía o algunos coyotes, en otras palabras "traficantes de personas" y por ende, peligro. Éste, para evitar ser sorprendido, también se mantuvo en silencio porque esa gente era muy mala.

El muchacho se preguntaba lo que debía hacer en esa situación, su lógica le decía que no hiciera ruido para no llamar la atención y verse comprometido en una situación delicada; ellas podrían ser chicas de la vida alegre que huían porque habían cometido algún delito. Por otro lado, su consciencia le decía lo contrario "son chicas muy jóvenes para ser prostitutas y podrían estar en peligro de muerte; además, si una de ellas fuera tu hermana te gustaría que alguien le echara una mano". También su padre, con sus mensajes humanistas, aparecía en el pensamiento del chico "haz el bien, sin mirar a quien". En esa disyuntiva estaba cuando las fugitivas volvieron a la orilla del río y la que parecía mayor se introdujo al agua hasta llegar a la altura de su rodilla; la más joven se quedó observándola y decidida a no seguirla. La más aventurera quiso avanzar, pero la voz del chico la detuvo en seco. "¡Espero que sepa nadar!" "Porque ni yo me atrevo a cruzar en este lugar". Él le sonrió con mucha delicadeza tratando de no asustarla. Ella se volteó y sorprendida le respondió:

—¡Es muy peligroso!

— Si no sabe nadar significa una muerte segura.

La joven que se había quedado en la orilla aprovechó para afirmar sus miedos y remarcó con ahínco su negativa.

—¿Tú eres de estos lugares, verdad? ¿Has estado ahí todo este tiempo?

El muchacho respondió con un movimiento de cabeza.

—¿Conoces por casualidad un lugar más seguro para cruzar al otro lado?

—La mayoría de personas lo cruzan como a dos kilómetros más abajo, pero casi siempre lo pasan de noche para no ser vistos por los guardias que vigilan la frontera.

—Pero nosotras no tenemos mucho tiempo para esperar y sobre todo parar cruzar de noche. No conocemos estos lugares.

—Sí, pero no le veo otra solución. Hay gente que ayuda a pasar el río, pero cobra muy caro por eso.

—Lo sabemos, pero no queremos tratar con ese tipo de personas porque hemos tenido una mala experiencia. —Se miraron las mujeres tratando de confirmar lo sucedido.

Luego hubo un silencio entre ellos y fue la chica más joven que preguntó.

—Tú que conoces estos lugares, ¿nos podrías enseñar otro paso menos peligroso? —La voz de la jovencita salió como un canto de sirena para el chico y provocó por primera vez que éste se fijara en ella descubriendo una belleza insospechada.

—Tú te ves una buena persona, no como el tipo que trató de aprovecharse de mi amiga. —Se le acercó y le puso la mano en el hombro a su amiga.

El pescador se sintió comprometido y su corazón no resistió a la tentación de estar un poco más cerca de la hermosura que acababa de descubrir. Salió de su escondite y se unió en la orilla a las jóvenes.

—¡Creo que conozco un lugar no muy lejos de aquí por donde podrían cruzar si lo hacen con mucha precaución! No está muy lejos de aquí, si se van por toda la orilla del río lo encontraran como a dos kilómetros de distancia. No es tan pachito como el paso que les comentaba, pero si lo cruzan con cuidado no deberían de tener problema.

—¡Que bueno! Expresaron ambas mujeres. Pero nos sería más útil si nos acompañas, acuérdate que somos extranjeras en este lugar.

La chica mayor, que tenía como unos dieciocho años según su apariencia, quiso utilizar sus encantos femeninos para que les ayudara. Se acercó al chico y le acarició el rostro diciéndole: "te ves un joven muy bueno, y nosotras estamos desamparadas; no seas malito y enséñanos el camino, llévanos hasta la orilla nada más. Si es verdad lo que dices, nosotras nos la arreglaremos solas luego".

La conciencia traicionó al muchacho porque sabía que la pasada no era tan fácil, si les pasaba algo estaba seguro que nunca se lo perdonaría. Aceptó llevarlas hasta el lugar, pero se prometió a sí mismo que no pasaría de ahí porque se estaba metiendo en un lío de mangas largas donde nadie lo había invitado.

Juntos comenzaron el recorrido hacia el paso conocido como "la posa de la peña blanca". Mientras caminaban, para tratar de entablar una conversación, las chicas le contaron el por qué de su viaje hacia los Estados Unidos y los problemas que habían tenido hasta ese momento.

La mayor iba buscando un mejor porvenir porque era madre soltera y había dejado con sus padre a su pequeño de apenas un año. Según su historia, ella trabajó de sirvienta en algunas casas de ricos en la capital salvadoreña y su pasaje entre ellos dejó una huella muy visible. La otra tenía una historia diferente, pero igualmente era una mujer sufrida; sus padres la dejaron con sus abuelos desde muy pequeña y éstos le habían enviado dinero para que tratara de llegar hasta ellos. Ésta última no pasaba los dieciséis.

Toda esa confesión provocó un baño de compasión en él y su impresión sobre ellas cambió radicalmente, sin contar que sus ojos se impregnaban de la belleza de la más joven. Entre ellos se estableció una muy buena relación de confianza, aunque el chico no compartió con ellas casi nada de su vida.

Al llegar al sitio indicado, Romax pensó que su obligación llegaba hasta ahí, aunque él sabía que ellas se perderían de nuevo porque no conocían la zona, sobre todo del lado guatemalteco; sin embargo, por su timidez él prefería llegar hasta allí. En ese lugar, el agua les llegaría hasta la cintura y aunque la corriente era un poco fuerte no tendrían problema para pasar, aunque si las arrastraba entonces sí se podrían meter en graves líos porque más abajo el río se ponía de color de hormiga.

Esa era una de las ventajas en esa parte del río, sin contar el lado solitario y la ausencia de vigilancia. Al ver que las chicas dudaban, su corazón le dijo que él podría ayudarles a atravesar, pero no se atrevió a ofrecerles su servicio por miedo a que pensaran que quería otra cosa. Sus primos le habían contado que muchas mujeres por el solo hecho de pasarlas se dejaban hacer el amor. —Él pensaba que se conformaría con un simple beso. Esa idea afloró en Romax pero de inmediato la rechazó porque los favores no se cobraban, ni tenían precio. Se sintió un poco avergonzado de su manera de pensar.

Para darles un poco de seguridad les dijo: "no tengan miedo, si lo hacen con calma no tendrán problema para atravesar; luego, al otro lado lo único que tienen que hacer es continuar a través de esos potreros y al llegar a la montaña, buscan la carretera. Eso sí, tienen que tener cuidado al esperar el bus porque si las atrapan los soldados no se que podrían hacer con ustedes. La gente no les tiene muy buen aprecio".

Ellas, que lo escuchaban atentamente, lejos de sentirse reconfortadas se sintieron desmotivadas. Él pudo observar fácilmente el peso de sus palabras en el espíritu de las pequeñas aventureras y se sintió mal. Romax las observaba desde unos metros fuera de la orilla y ellas estaban justo besando las aguas. El chico hablaba sin tener en cuanta que las mujeres jamás habían atravesado un río descalzas. "Esto va ha ser difícil para ellas", se dijo pensando.

Tomando un impulso de coraje, se acercaron a la orilla, arrollaron sus pantalones hasta la rodilla y trataron de introducirse al agua, pero pudieron observar que la corriente no estaba para jugar con ella. Además, el maletín que cada una llevaba no les ayudaba mucho. A la menor le dio mucho miedo y aunque la otra la animaba a cruzarlo, ésta se salió del agua casi temblando. Romax se había quedado acurrucado con su arpón y su careta observando la escena. Le parecía cómico el hecho de ver cómo el miedo podía neutralizar a un individuo, para él eso era "pan comido".

Al darse cuenta del miedo pensó que no era prudente que pasaran solas porque si las arrastraba la corriente, de seguro se ahogarían. ¿Ustedes pueden o no pueden nadar?, les preguntó seriamente. La más joven dijo que no sabía nadar y la otra que solamente lo había hecho en piscina como perrito. El pedazo de hombre les dijo que corrían mucho peligro si lo atravesaban solas, pero no les propuso ayudarlas porque tenía miedo a no poder con ellas dentro del agua. Eran un poquito más grandes que él y estaban más pesadas, sobre todo la mayor.

Su corazón que busca con ahínco una solución vio como una luz se iluminaba en su mente "¡no tengo porque pasarlas juntas, una a la vez sería fácil!", sonrió. En ese momento, la que tenía más miedo le pidió con mucha ternura y con una expresión dulce que les ayudara. No le fue difícil negarse porque la decisión ya estaba tomada de antemano. Escondió sus instrumentos de pesca y les propuso su plan de ayuda: "primero pasar la ropa y luego a ellas, individualmente".

Se medio desnudaron, es decir: se quitaron el pantalón de lona, los zapatos y los calcetines, luego metieron todo en sus respectivas mochilas. Simplemente se quedaron con su ropa interior y las camisetas que llegaban una cuarta abajo de la cintura cubriéndoles justo lo necesario.

El primer viaje pasó sin problemas, pero el segundo, que sería con la más joven, desde su inicio se presentó complicado. En sus planes, éste pensó atravesarlas tomándolas de la mano para guiarlas sabiamente por entre la corriente. No contaba con el hecho que la gente de la ciudad no acostumbra caminar descalzo mucho menos hacerlo sobre piedras lizas y filudas.

Comenzaron su aventura muy suavemente mientras la mayor los observaba con mucha atención desde la orilla. Al entrar al agua, la muchacha comenzó a dar muestras de inestabilidad, ella no lograba dar un paso sin escaparse caer. El guía la tomaba de la mano e iba delante de ella, la joven se agarraba fuerte con una mano y con la otra, se agarraba la camiseta blanca para no mojarla.

Al llegar a la mitad, donde la corriente era más fuerte, la chica se resbaló y cayó al agua mojándose por completo. La corriente la comenzó a arrastrar y el pánico se apoderó de ella. Él se lanzó rápidamente en su ayuda. Romax en un intento de protegerla la abrazó muy fuerte y se la colocó en la cintura para controlarla mejor. La corriente los arrastró como unos diez metros río abajo. La otra, que los miraba desde la orilla, se comía las uñas de los nervios al ver la situación sin poder hacer nada.

Atrapada en un impulso de pánico, la chica en peligro se cogió como una garrapata de su salvador. Esta era la primera vez que Romax tenía a una mujer pegada en su cuerpo; los pechos de la chica, que estaban sólidos, se fundían en su pecho. Entre nervioso y encantado, la cogió de las nalgas. En ese momento, el agua les llegaba hasta el cuello, pero a medida que avanzaban bajaba de nivel y el socorrista tomaba control sobre la situación. "Primero tengo que calmarla, porque si se pone nerviosa nos lleva la que no nos trajo", se dijo. Le habló sereno y con firmeza, no se movió del lugar hasta que ella estaba serena. Luego continuaron tranquilamente su recorrido.

Ella tenía una camiseta blanca que al mojarse se pegó al cuerpo. Ambos se apretaron fuerte; en ese momento, a ésta le importaba muy poco de dónde la agarraban. Su miedo a la muerte la tenía poseída. El salvavidas se paraba por momentos para retomar fuerzas porque aunque el agua le ayudaba con el peso, la corriente lo presionaba mucho. Aunque tenía miedo, no deseaba que ella lo supiera; se auto motivó diciéndose cosas positivas.

La muchacha respiraba profundo y fuerte queriendo recuperarse de la impresión; su salvador le hablaba suave al oído y la apretaba fuerte para darle confianza y lograr que se calmara. Éste se sabía en completo control de la situación y por eso su mente le comenzó a enviar pensamientos no muy católicos. En sus adentros, recorría el cuerpo de la joven en completa libertad y se imaginaba las curvas milímetro a milímetro. Éste inclusive llegó a excitarse por lo que se la subió hasta la cintura para que no lo sintiera, pero ésta no era ni tonta ni insensible.

Llegó un momento en que la quinceañera se tranquilizó casi por completo, pero no por eso dejó de apretarse al cuerpo de su salvador. Ésta, por una rara ocasión, se sintió segura y protegida por un hombre e inconscientemente se aferró a ese sentimiento tan noble que tanto le había hecho falta.

—¿Estás bien? Le preguntó al oído tuteándola y agregó: "¡Ya vamos a llegar, no te preocupes!"

—¡Por favor no me sueltes! Le decía ésta suave y abrazándose más fuerte a él.

—¡No se preocupe que no la soltaré, se lo prometo! —Le respondía el chico muy seguro de sí mismo.

El aprendiz de hombre se había ganado el respeto y cariño de su protegida. Para agarrarla mejor, él se la separó de su cuerpo y en ese momento, sus ojos se cruzaron y se descubrieron con agrado. Se acomodaron nuevamente y continuaron su recorrido hasta que el agua les llegó a sus rodillas, desde ahí siguieron caminando, uno al lado del otro, tomados de la mano.

La otra muchacha, que los seguía con atención, fue testigo del cambio de actitud de su compañera de viaje. Se veían como dos enamorados tomados de la mano. En el fondo, a ésta le dio un poco de envidia y el deseo de mujer le subió a lo largo y ancho de su cuerpo. Hacía ya mucho tiempo que no había gozado de las caricias tiernas del sexo opuesto.

Cuando terminaron su recorrido y la primera mujer estaba a salvo en la otra orilla, se dieron cuenta que ambos estaban empapados. Un sentimiento de orgullo se reflejó en ambos, pero la malicia humano entró en acción rápidamente. Él joven no pudo disimular el agrado de ver, a través de la camiseta mojada, los pechos de ésta. Ella se sintió un poco incomoda y se los cubrió con la mano en una reacción inconsciente.

—¡Lo siento! Le dijo el chico apenado y se dio media vuelta para volver por la otra.

La mujer no dijo absolutamente nada y a penas sonrió, pero al ver que había hecho sentir mal al muchacho se sintió un poco mal por su reacción. Su salvador se merecía algo más.

Cuando se dirigía por la segunda, ésta ya había comenzado a avanzar hacia él y se había metido al agua para moverse nadando porque tampoco podía caminar sobre las piedras. Ella prefería moverse por el agua tomándose con las manos de las piedras. Al llegar el guía no anduvo preguntando la manera de atravesar y se colgó literalmente de él. Ésta era más aventada y extrovertida, quizás por la experiencia obtenida con los hombres. Su constitución estaba más desarrollada que la otra, se podría decir que la duplicaba en tamaño en cada una de sus partes de mujer.

Ambos tomaron la situación con más comicidad y aventura. Ella misma lo abrazó desde el principio y le confirmó que en verdad no sabía nadar. Eso puso en claro toda la situación desde el inicio.

—¡Prefiero que tú me pases!, le dijo subiéndose a su cuerpo.

El muchacho no dijo nada y se la acomodó con agrado, la experiencia que había ganado le estaba dando frutos rápidamente. Él respiró profundo y le dijo:

—¡Como tu eres más grande y pesada, creo que nos costará un poco más atravesar, por favor trata de guardar la calma!

—¡Este río es muy peligroso, verdad!, argumentó ella.

—Sí, lo es pero no temas que no te pasará nada.

—Lo sé.

—Si nos caemos, no te asustes; confía en mí que no te soltaré.

—¡Confío en ti!, pero por lo que más quieras no me sueltes. Agárrame de los pelos o de cualquier parte, pero no me sueltes. Agregó en son de broma.

En ese momento lo que menos le importaba era el pudor. En ambos se sintió una confianza extraña que los hizo sentirse bien. Él sonrió de buena gana porque su mente le hizo volver a recordar lo que había vivido con la otra joven. La muchacha, utilizando su intuición de mujer, lo observó y pareció leerle el pensamiento diciéndole:

—¿Cuánto diera por conocer esos pensamientos que te hacen sonreír de manera pícara?

Éste al escucharla y sentirse descubierto simplemente sonrió.

—No hay que ser curioso porque la curiosidad mató al gato.

—La curiosidad a veces es buena, le pone picante a la vida. Te apuesto a que adivino en que piensas. Los hombres sólo tienen una cosa en mente, el sexo.

El joven quedó sumamente sorprendido, pero para no dar su brazo a torcer negó rotundamente la afirmación.

—¡Está equivocada!, le dijo firmemente. Sonreía porque me acordé de una situación cómica que viví no hace mucho. —Hizo una pausa y continuó— Por querer ayudar a una amiga a guardar unas cosas, ésta se desequilibró y cayó sobre mí. Yo caí de espaldas y ella sobre mí, mi cara quedó metida en medio de sus piernas. Al verme en esa situación traté de levantarme, pero era imposible porque a ella le dio un ataque de risa.

Ella, al escuchar la historia también se puso a sonreír porque en verdad le pareció chistosa la escena y aprovechó para confirmar su afirmación "¡tenía razón! ¡Estabas pensando en el sexo! Aunque no de manera vulgar. Éste para no alargar la temática aceptó de buena manera.

Todo iba bajo control hasta que un desliz provocara una caída, a ambos los tomó por sorpresa provocando que la chica se saliera de sus manos. En la desesperación por retenerla, él metió una de sus manos entre las piernas de ella y la otra en la espalda. La corriente los arrastró muy lejos y éste logró dominar la situación con mucha dificultad.

—¡No me sueltes! Le gritaba la chica apretándose muy fuerte. Esa zambullida provocó que tomara agua y en su aflicción se apretaba con uñas y dientes del joven, se estaba ahogando.

Ella por su parte había tragado mucho agua y él en su afán por rescatarla se había golpeado las rodillas. Al final, cuando todo estaba bajo control, la cara del joven estaba en medio de los senos y uno de sus brazos en medio de las piernas de la mujer. Al tratar de sacar su brazo y ella de sujetarse, la mano de éste quedó atrapada en las partes íntimas de la chica.

—¡Perdóname! no fue mi intención. Le dijo el chico sacando su mano lentamente.

Ella le sonrió y dijo: "¡No te preocupes, no es nada! Al contrario, muchas gracias por salvarme, "¡Eres mi héroe!" Le dijo poniéndose nuevamente en posición sobre la cintura de éste. Lo besó fuerte en la mejilla y se apretó a él.

—¡Héroe yo!, no juegues. ¡También tuve miedo de ahogarme!

—¡De verdad! No te lo creo.

—Es verdad. Si no te logro dominar, la corriente nos hubiera llevado más profundo y ahí si que no hubiéramos tenido la misma suerte, le dijo seriamente.

—Que quieres que te diga, ¡gracias! ¡mil veces gracias! y lo besó fuerte en los pómulos.

—Si es así cómo lo agradeces, creo que lo haré de nuevo. —Intentó soltarla de nuevo en son de broma.

—¡No bromees así! Le dijo abrazándose más fuerte a él y se puso a besarle el cuello diciéndole: "¡Eres mi héroe!", no sabes cuanto te lo agradezco.

—No es nada.

Cómo estaba un poco cansado, el joven encontró, en medio del río, una piedra grande donde apoyarse y se sentó sobre ella.

—Permíteme descansar un poco que estoy cansado. Además, me golpeé la rodilla y me está doliendo mucho. Se la acariciaba con una mano.

—Tómate todo el tiempo del mundo que te lo mereces. Le respondió la chica tratando de acomodarse al cuerpo de éste sobre la piedra porque el agua aún la tenían hasta el cuello.

Camino con ella hasta llegar a una piedra, en ese lugar el agua les llegaba hasta el pecho. Él se sentó sobre la roca con ella en su cintura. " ¡Guau!, dijo. De la que nos salvamos". Él trató de acomodársela en su cuerpo y la tomó por los sobacos, la levantó con tanta facilidad que la chica se impresionó. "Eres muy fuerte, a pesar que no lo aparentas", le dijo. "El agua es mi mejor aliada", le respondió. En ese momento, el muchacho deslizó una de sus manos y pasó acariciando uno de los senos de ésta.

—¡Discúlpame!, en verdad no fue mi intención tocarte.

Ella le sonrió y se abrazó a él; para tranquilizarlo le dijo al oído: "no te preocupes que no me has ofendido; al contrario, gracias porque no me has dejado caer." —Le dio un beso en el cuello que lo hizo estremecer por completo. Ésta se dio cuenta y sonrió diciéndole: "¡Te ruborizaste!"

Un poco avergonzado le respondió que sí.

—"Falta de práctica", agregó ella y lo besó más fuerte.

—No lo hagas por favor que me pones nervioso.

—Eso es bueno, le dijo de manera pícara. La ventaja de estar con el agua hasta el pecho es que no se ve lo que las manos hacen. Ella metió una de sus manos en medio de las piernas del chico y lo acarició. "¡Estas bien bueno!", le volvió a besar el cuello.

Como era la primera vez que una mujer lo acariciaba de esa manera, el joven se puso muy nervioso; pensaba que todo el mundo lo estaba viendo.

La mujer sonrió de buena gana porque le gustaba sentir la nerviosidad de él.

—¡Debemos continuar! Dijo el chico para salir de esa situación.

Se puso de pie con ella en su cintura y comenzó a caminar. Luego de un pequeño tramo se volvieron a caer y éste se golpeo otra vez la rodilla. Con el dolor en su rostro le dijo que tenía que parar.

—¡Lo siento!

—No importa, ya se me pasará. Dame unos minutos y verás.

Se sentaron sobre otra roca y ésta le dijo:

—¡Sabes que eres muy valiente a tu edad! ¡Me gustas! ¿Cuántos años tienes?

—¿Quince? —mentía. Y ¿Tú?

—La edad no se le pregunta a las mujeres, pero te diré que soy mayor que tú. Respondió con un poco de ironía porque le llevaba varios años.

—Y tu amiga, ¿Cuántos tiene?

—Los mismos que tú.

Ella, para dejarlo respirar mejor, se separó un poco su cuerpo de él y colocó sus manos sobre los hombros de éste. Por debajo del agua, las manos del chico se colocaron cerca de los senos de la joven.

—Sabes que tienes lindos ojos y unas pestañas hermosas. Le dijo ella viéndolo fijamente mientras le acariciaba el cabello mojado.

Él muchacho se sonrojó y para evitar la mirada de ésta trató de colocársela mejor sobre sus piernas. La mujer al sentir las manos del chico cerca de sus pechos las apretó con sus codos para que éste los sintiera de una manera más sólida. Él pensó que la ofendía y trató de sacarlos, pero la chica con sus brazos lo condujo hasta que sus manos quedaran completamente sobre sus senos.

Ella le preguntó:

—¿Te gustan? Bajó sus manos y las colocó sobre las manos del muchacho que comenzaba a calentar motores.

—Son muy grandes y hermosos. Él disfrutaba sentir el contorno y el movimiento de ellos al compás de su respirar.

—¡Yo no los veo muy grandes! Me gustaría que tuvieran el doble de tamaño, a los hombres les encantan grandes.

—¡A mi no! Ni muy pequeños ni muy grandes, los tuyos están perfectos.

Cuando hablaba movía y apretaba las manos del joven que comenzaba a gemir como un toro en brama. Al ver ésta que se él estaba gozando como un niño, le dijo:

—Tienes mi permiso de acariciarlos.

Sin pensarlo dos veces, los comenzó a acariciar suavemente y ambos entraron a un juego muy peligroso. Ella, por su parte, se sintió agradablemente sorprendida y haciendo uso de su experiencia se abrazó al joven para facilitarle el contacto. Además, para poner más picante a la salsa se le colocó de tal manera que lo llevó fácilmente a la cumbre del placer.

Fue él quien cayó en una tranquilidad total pues ella a penas comenzaba a entrar en acción, hasta cierto punto quedo vestida y alborotada.

Luego de un buen momento de descanso, donde la conversación cayó al agua, decidieron continuar el camino. Ellos salieron un poco más debajo de donde los esperaba la otra chica. En ese transcurso, la joven le dio las gracias de una manera especial: le tomó la cara y le empalmó un beso que dejó sin respiración al muchacho.

Al unirse con su amiga, la chica comenzó a decir bromas para hacer el clima ameno y olvidar por un momento lo vivido. Todos entraron en el juego y la atmósfera se puso muy amena.

La más joven, que ya se había cambiado de ropa, los esperaba impaciente para continuar el camino. La mayor, que sabía todo el esfuerzo que había hecho el acompañante, dijo que prefería descansar un momento antes de seguir porque se sentía cansada. El chico la secundó con mucho alivio porque físicamente estaba agotado. Ella se acostó sobre una peña boca arriba y haló al chico para que se sentara a su lado. La otra, un poco enojada, se sentó a poca distancia sobre otra peña, en dirección contraría para observar su país de origen puesto que sabía que posiblemente ya no lo volvería a ver.

Ahí permanecieron varios minutos hasta que el sol de la tarde les secó la piel, pero no la ropa. La joven se levantó de manera inesperada dejando al muchacho acostado, buscó su maletín y sacó su pantalón de lona y otra camiseta. Ahí mismo, de espaldas al joven, se puso el pantalón e instintivamente se levantó la camiseta mojada y se la sacó. Cuando se agachó para tomar la nueva prenda seca se dio cuenta que los ojos del cipote estaban fijos sobre ella, sin necesidad de darse vuelta sabía que todos sus movimientos estaban minuciosamente vigilados. La picardía de mujer le ganó la partida y se puso a buscar con más tranquilidad en su bolso, esto con la finalidad de dar tiempo suficiente al chico para que se llenara la mirada con sus senos que colgaban como pequeñas campanas. Al encontrar la prenda buscada, levantó sus brazos para ponerse la camiseta dándose vuelta al mismo momento; esto con la finalidad de quedar frente al muchacho desnuda, era un regalo para su héroe.

Cuando ya estaban listas para continuar el camino, le preguntaron a Romax por donde se deberían de marchar. Él les dio las indicaciones con mucho detalle, pero a propósito puso énfasis en los peligros que las acechaban: los soldados, las serpientes y el bosque. Ellas, con el miedo en la piel, respiraron profundo para tomar valor y continuar su travesía. Se despidieron con mucho cariño del muchacho, especialmente la más adulta quien le estampó otro beso en plena boca. La más joven simplemente lo abrazó y le besó las mejillas.

Habían caminado a penas unos metros de distancia cuando la mayor se paró y dándose vuelta hacia el muchacho le dijo:

—¡Creo que nos vamos a perder si no nos ayudas a llegar hasta la parada de buses! Ya llegaste a aquí con nosotras, has otro esfuerzo y acompáñanos otro ratito.

El chico tenía el deseo de continuar, pero sabía que si lo agarraba la guardia fronteriza de ese país le daría una buena paliza por estar traficando con personas. La joven descubrió su miedo y con el codo le indicó a la otra muchacha para que lo tratara de convencer. Ambas sabían que lo necesitaban. Ésta comprendió el mensaje y le dijo:

—¡Por favor! Yo sé que no tenemos con que pagarte, pero diosito te lo va agradecer.

La mayor le dijo a su amiga que la esperara porque trataría de convencerlo porque lo necesitaban, también le aconsejó que cambiara de actitud con él porque la había notado muy seria.

Entonces se acercó a Romax y le dijo al oído:

—Si nos acompañas, te enseñaré a besar en el camino.

Al muchacho se le iluminaron los ojos y parecieron marcar el signo del dólar cuando alguien gana dinero en las maquinitas de lotería, pero el riesgo que corría era muy grande para unos besos. La hesitación continuaba en él muy presente. La chica lo observó y continuó su negociación, sé que no es la gran cosa pero no puedo ofrecerte nada más. Le diré a mi amiga que te ayude a practicar, también.

El joven se le quedó viendo serio porque no creía en las palabras de ella.

—¡No creo que quiera!

—¿Verdad que sí? —Le preguntó de lejos a la joven que estaba un poco retirada.

La otra se conformó en mover la cabeza porque sabía que su amiga quería convencerlo. La mujer le tomó de la mano y lo haló suave hacia ella.

—Está bien, pero hacen lo que yo les diga porque corremos mucho peligro. Y por los besos, no es necesario que lo hagan porque sería tirar por la calle todo lo que he hecho.

—No hay problema, desde este momento tú eres nuestro guía oficial. Pero, ¿estás seguro que no quieres practicar los besos?

—Seguro, porque serían dados a la fuerza y de esa manera no son muy buenos.

—Te comprendo, y tienes razón. Me encantas porque a pesar de tu edad te comportas como un verdadero hombre.

Le colocó el brazo sobre los hombros y juntos se fueron a unirse con la otra que los estaba esperando adelante. No se fueron por el camino de costumbre por miedo a encontrar a los soldados sino que atravesaron algunos potreros para acortar distancia y evitar encuentros inesperados. Al inicio, la más joven caminaba delante de ellos y, por esa razón, éstos últimos aprovechaban para ir platicando y jugueteando.

—¿Cuántos años tienes verdaderamente?

—Quince.

—¡No te creo! Pero lo acepto. Ella sonrió y agregó: ¿Me gustaría saber si eres virgen?

Esa pregunta lo desequilibró mentalmente porque no supo que contestar, simplemente lo negó sin mucho convencimiento. Ella supo descubrir lo que buscaba con la respuesta silenciosa y su manera de actuar en el río.

—No te preocupes que eso es normal. Ya te tocará tu día y verás que es muy bonito.

Lo apretaba contra ella y tomándole la mano se la colocaba en sus nalgas. Al principio el muchacho la mantenía inerte, pero luego tomó confianza y comenzó a acariciarla suave.

—¿Verdad que te gusta mi amiga? Le preguntó al ver como se le quedaba viendo a la joven que tenía enfrente.

—Las dos son hermosas.

—Eres muy diplomático, pero dime de verdad ¿Qué te gusta de mí?

—Todo.

—Esa no es respuesta, a mí me gusta de ti los labios.

—Entonces, los ojos.

—¡Mentiroso! Yo se que adoras mis pechos.

—Es verdad.

—Ves que te conozco.

Ya habían caminado como veinte minutos y la otra muchacha se paró y dándose media vuelta le preguntó un poco cansada.

—¿Estamos todavía muy lejos del lugar?

—Ya vamos a llegar, en unos quince o veinte minutos.

—Podemos descansar un momento.

—¡Claro que sí!, buscaremos un lugar seguro para hacerlo. Siguieron caminando y al llegar cerca de un gran amate rodeado de muchos arbustos, el chico pensó que sería un buen lugar para descansar. Bajo la sombra del árbol era el lugar ideal, se sentaron entre las raíces que salían del suelo porque parecían cuevas.

La más chica se acostó sobre una raíz tranquilamente y dijo:

—De aquí no me muevo hasta que me recupere.

—Honestamente estamos en medio de no se dónde. Si hubiéramos venido solas de seguro estaríamos perdidas, dijo la otra.

—En verdad, ¡Gracias por acompañarnos!, le dijo al chico la menor.

La mayor se puso a buscar algo en su bolso y cuando lo encontró dijo:

—Yo me estoy haciendo pipi. ¿Dónde puedo ir?

—Donde quieras, aquí estamos completamente solos. Respondió el muchacho.

—A mí me da miedo ir sola por esos montes. ¿Me acompañas? Le preguntó.

—¡Claro! Respondió sin saber a lo que se metía.

—Pero nos se vayan muy lejos porque yo me he quedado sola. Les recalcó la menor.

—No te preocupes, solo gritas. Le dijo la mayor sonriendo.

Cuando estuvieron solos, como a unos veinte metros del amate y detrás de unos arbustos. Ella le preguntó: ¿Puedo hacerlo aquí?

—Claro que sí. —Respondió el chico pensando que se iría a meter detrás de otros arbustos, pero para su sorpresa ella se bajó sus pantalones y se puso a orinar sin ninguna malicia delante de él, dándole la espalda.

La mujer hacía pipi a cuclillas, su pantalón estaba hasta las rodillas y con una mano tenía agarrada la camiseta para no mojarla.

—No me dejes sola. ¡Tengo miedo a las culebras! Le dijo mientras hacía sus necesidades fisiológicas.

El muchacho que la observaba graciosamente gozaba con la escena porque lo había tomado por sorpresa.

En ese momento, un ruido en un arbusto cercano hizo que la mujer se parara de inmediato y con los pantalones en los pies se colocó al lado del chico. Éste sin pensarlo dos veces la abrazó para ofrecerle su protección.

—No te preocupes que son unos pájaros. —Le dijo sin soltarla.

Ella estaba con el nudo de su camiseta sobre el pecho de éste y él había metido sus brazos bajo la camiseta.

La joven no se había dado cuenta de que estaba desnuda pero al verle la cara de agrado comprendió de inmediato. —Sonrió— Y le dijo: ¡Los hombres! No pueden ver a una mujer desnuda porque se les cae la baba de la boca.

—¡Es verdad! Se me nota tanto.

—A kilómetros de distancia.

Ella se le quedó viendo y descubrió en sus ojos que éste la deseaba a morir.

—¿Te gusta mi cuerpo?, le dijo apartándose un poco de su lado.

—¡Muchísimo!

—¡Cierra los ojos!, le ordenó suavemente.

Él obedeció como un corderito que va directo al matadero. Ella entonces sacó sus pies del pantalón que estaba en el suelo y subiéndose la camiseta metió al chico debajo de ésta.

—Tienes el permiso de acariciarme, le dijo muy suave.

Romax se emocionó al descubrirse en medio de dos hermosos senos con los cuales había aprendido a convivir por momentos. Su boca y sus manos comenzaron a conjugar el verbo amor de inmediato. Mientras tanto, la joven le acariciaba el cabello y le hacía la tarea más fácil al respirar profundamente para aumentar sus volcanes en flor.

Fue tanto el agasajo que el aprendiz de hombre no se conformó con las montañas porque, en un momento dado, comenzó su descenso en dirección de los valles añorados. Ella también se había entusiasmado y no opuso resistencia a ese ataque sorpresivo. Estaban en plena batalla cuando escucharon la voz de la chica más joven que los llamaba desesperada porque le dio miedo al estar tanto tiempo sola. La campana les avisaba que el primer tiempo había terminado. Ambos salieron de los montes abrazados y contentos.

—¿Por qué se tardaron tanto?

—Porque nos retiramos un poco y luego nos pusimos a conversar. — Dijo la chica.

—Desde aquí no falta mucho para llegar, pero les propongo que me esperen para ir a averiguar la hora que pasa el bus. De ese modo, no corremos el riesgo que nos atrapen.

—Me parece buena idea, dijo la mayor. ¿Cuánto te tardarás?

—Entre quince a veinte minutos.

—¿Crees que puedes conseguirnos agua y algo de comer?

—Trataré.

La muchacha sacó unos billetes y se los puso en la mano al chico. El joven se alejó a trote perdiéndose de inmediato entre los matorrales.

—¿Qué suerte hemos tenido con este joven? Es lindo.

—Sí, dijo sin mayor emoción la menor.

—¡Tú eres bien desconsiderada con el muchacho!

—¿Por qué?

—No te das cuenta que se le caen las babas por ti y tú no te dignas a regalarle una dulce mirada. De seguro no sabes lo que se está jugando por nosotras. Arriesgó su vida en el río y si lo atrapan ¿que crees que le harán? Mínimo una paliza.

—¡Tanto así!

—Claro. El delito de pasar gente es muy grave. Te acuerdas que antes de salir te pregunté si estabas dispuesta a correr algunos riesgos.

—Bueno. Si te diste cuenta a quien quería hacer el amor el coyote era a ti. Al principio creía que se conformaría solamente conmigo, estaba dispuesta a pagar por ti. El sinvergüenza quería comerse a ambas. Al ver el miedo en tus ojos comprendí que era tu primera vez, por eso grite par asustarlo.

—Iba a ser mi primera vez. — Lo dijo un poco avergonzada.

—Eso significa que no estabas protegida.

—¿Protegida de qué?

—No traes pastillas anticonceptivas?

—No.

—De la que te salvaste.

Agarró su bolso y sacó una caja con pastillas y le dio algunas.

—Tómate una cada día, hacen efecto después de media hora. Te aseguro de que tienes menos del diez por ciento de posibilidades de llegar virgen a tu destino.

—¡Tan poco!

—Vamos a pasar por en medio de una cuna de lobos y nuestro cuerpo será carnada para ellos.

—En tu caso preferiría que escogieras a tu primer hombre porque después van a desfilar muchos. Ese será tu único privilegio que tendrás en esta aventura.

—Tengo un poco de miedo.

—Es normal, todos tenemos miedo a lo desconocido. ¿Has tenido novio, verdad?

— Sí, pero nunca hicimos nada.

—Bueno, al menos sabes lo que es besar. Te aconsejo que cuando lo hagas no te pongas tensa porque será difícil y dolorosa la penetración. Relájate y trata de ayudar a tu pareja; acarícialo y muévete tratando de acomodarte a su cuerpo. El resto verás que se da por naturaleza. Lo ideal sería que tuvieras unas preliminares porque eso te excitaría y estarías húmeda, la penetración no se siente en ese estado.

La joven había cambiado de actitud y tomaba nota de todo lo que le indicaba su profesora porque sabía muy bien que le esperaban días difíciles. Sonrió y se imaginó la escena en el río con el joven.

—¡Es verdad! Sentí como se excitaba en el río. — Dijo a voz alta.

—Sí, pobrecito. Lo hemos hecho sufrir sin mucha compasión.

—Deberíamos pagarle algo.

—No creo que acepte dinero. No es como todos los hombres, éste es diferente.

—¡Crees!

—Estoy segura. Te lo probaré cuando vuelva. Si gano, le pagas con tu cuerpo y si pierdo, le pago yo.

—¡Trato hecho!

Ambas se dieron la mano en signo de aprobación. Mientras tanto, el guía había ido a pedir regalado comida y bebida a casa de unos conocidos; averiguó la hora del bus y la frecuencia que pasaba la policía por esos lugares.

Cuando llegó de regreso al lugar, las chicas lo esperaban como se espera al Mesías, con los brazos abiertos. Se alimentaron y les comentó lo que averiguó: el bus pasaba dentro de dos horas y la policía se mantenía rondando la parada oficial. La única solución era buscar otro lugar para esperar el vehículo para detenerlo a medio camino. Les propuso un lugar que conocía no muy lejos de ahí para esperarlo de manera segura. Ellas aceptaron sin vacilar porque confiaban en él. Se pusieron en camino con entusiasmo, la plática que habían tenido las chicas las había unido más. El muchacho notó la diferencia porque la más joven estaba más platicadora. Hasta se puso a bromear imitando a la mayor. En un momento dado, entre las dos llevaban al chico en medio y lo iban molestando. Cada una lo jalaba contra sí jugando a robárselo. Éste se vio sorprendido al constatar que la más joven lo acariciaba y no decía nada cuando éste la tocaba.

Así caminaron un buen rato hasta llegar cerca de un riachuelo, en un lugar llamado "la cama de agua". Como no estaban muy lejos de la carretera, a unas dos cuadras, les propuso quedarse hasta calcular que el transporte estuviera próximo. Dos razones apoyaron su pedido: evitar ser vistos en la carretera y descansar en un lugar acogedor.

La tarde había estado pesada y la caminata un poco tediosa, todos habían transpirado por todas partes. La sombra de los árboles y la frescura del agua provocaban hacer una pequeña siesta o meterse al río a bañar. El lugar estaba perfecto porque no estaba muy lejos de la carretera y gozaba de una intimidad romántica. Como el río era pequeño, no tenía muchos peces; por lo tanto, la ausencia de pescadores era absoluta. La poza de agua era reducida y escabrosa; por eso mantenía alejados a los bañistas. También la acumulación de rocas muy grandes hacia su acceso complicado y los pocos espacios libres que tenía era ocupados por la grama o la arena.

Estaban sentados apoyando su espalda sobre una roca y viendo el agua correr con mucha pereza, cuando la mayor se puso a buscar algo en su mochila. Ésta sacó un manojo de dinero y le dijo al chico:

—Nosotras no tenemos mucho dinero que ofrecerte por lo que has hecho, pero queremos que recibas esta cantidad; no es mucho, pero te lo damos con mucho cariño. En verdad, todo el riesgo que has corrido por nosotras no tiene precio y te lo agradecemos de todo corazón.

Él tomó el dinero y se le quedó mirando fijamente, ambas mujeres esperaban con ansias la reacción del muchacho.

—Qué yo sepa no quedamos en ninguna suma de dinero, por lo tanto no deben pagarme nada.

—Lo sabemos, pero es justo recompensarte con algo, expresó la más pequeña.

—No quiero este tipo de recompensa porque bota por tierra todo lo que he hecho. Les confieso que al principio deseaba que una de ustedes me regalara un beso y no creí que se hiciera realidad; cuando lo obtuve me sentí sumamente agradecido. —La más joven se le quedó mirando a la mayor en signo picardía— Además, me he identificado con ustedes y las he llegado a apreciar más de lo que se imaginan. ¡Tomen y guárdelo! —Le puso el dinero en la mano a la mayor— Su cariño me ha enriquecido el alma como a un millonario.

—¡En verdad no quieres el dinero, mira que es una buena cantidad!

—Imagínense que más adelante lo necesiten y por eso pasen necesidades. ¿Cómo creen que me sentiré de saber eso? Ese peso es demasiado. Prefiero quedarme con el bello recuerdo del beso, las sonrisas y las caricias que me han dado. Eso nadie me lo robará.

Las chicas se sintieron conmovidas y lo besaron en sándwich, una en cada cachete o mejilla. Ahí comprobó la mayor que había juzgado con certeza al joven.

Se pusieron a hablar de todo y de nada especial, luego la mayor preguntó:

—¿La poza es profunda?

—No tanto, creo que tiene una cuarta más alta que yo. Para los que saben nadar no hay problema, pero para el que no puede convertirse en su tumba. Además, tiene muchas piedras que pueden atrapar los pies, pero en la orilla la arena es hermosa.

—Pregunto porque quiero bañarme, estoy sudada por completo y el viaje será largo, imagino.

—Creo que tienes razón, es mejor que se den un baño para que vayan frescas.

—¡Me bañaré! ¡Acompáñenme! Lo dijo muy decidida y se puso en acción.

Se levantó de inmediato y se sacó el pantalón. Luego, se sacó la camiseta para quedar solamente con el calzón. Ella estaba de espalda ante los otros dos. El muchacho se quedó inmóvil y la otra chica un poco sorprendida, pero tirando al suelo un montón de prejuicios ésta la imitó. Después de eso, el joven no le quedó otra opción que seguirlas.

El agua estaba cálida y deliciosa, los tres se pusieron a jugar echándosela en la cara. No se adentraron demasiado en la poza porque la pequeña no podía nadar en absoluto. Cada vez, con el juego, el contacto físico fue más claro y presente; bajo el agua todo era válido. Ninguno se daba por aludido y disfrutaban del secreto, manteniendo el buen humor como puente de enlace.

Con el agua arriba de la cintura y reposando sus senos sobre el agua, las mujeres parecían disfrutar de esa libertad. La mayor le tomó la mano a Romax y le dijo: "mide los senos de ambas". Primero dejó que le midiera a ella y luego se las colocó a la más joven. Ésta última un poco nerviosa aceptó. Definitivamente la mayor tenía más desarrollado sus atributos. Después de eso, una confianza se instaló entre los tres y se pusieron a jugar a echarse agua, perseguirse y tocarse.

La mayor utilizando la técnica de nado llamada "perrito" se aventuró en la poza y comenzó a nadar buscando tocar la pared de una gran roca que servía de límite. Mientras tanto, el chico le propuso a la más pequeña enseñarle las técnicas básicas de la natación y ésta con agrado aceptó.

Manteniendo la consigna del secreto bajo el agua, el profesor sostenía a la alumna con sus manos puestas en el estómago y ésta movía sus pies y brazos. La dinámica unida a la picardía llevaron al joven a poner directamente sus manos en las partes íntimas de la mujer. Ella continúo moviéndose con mucha delicadeza y él acariciándola suavemente hasta que ésta se comenzó a excitar. Luego, ella se detuvo con el pretexto que estaba cansada, pero lo invitó a que la metiera más profundo en la poza de agua. Se abrazaron y comenzaron a caminar hasta tener el agua cerca del cuello, ella se apretaba fuerte al chico aduciendo miedo. Ambos, en cierta manera, se acomodaban bajo el agua para excitarse. Inclusive llegó un momento que ella le comenzó a besar el cuello con mucha emoción y deseo.

La llegada de la mayor y su jugueteo pusieron una pausa entre ambos. Entraron al juego y a la plática. La menor, bajo el pretexto que le dio frío se salió del agua para tomar sol. Se dirigió detrás de unas rocas, puso como alfombra unas camisas y se acostó. Mientras tanto, los dos restantes se quedaron observándola.

—¡Te gusta, verdad!

—Mucho. ¡Es hermosa!

—¿ Y yo te gusto?

—¡También! Cada una tiene lo suyo y lo suyo me agradada.

—Tu eres un chico muy inteligente y diplomático.

—Siempre trato de hablar con tacto para no meterme en líos.

—¿Por qué le llaman a este lugar "cama de agua"? ¿No veo ninguna cama por aquí?

—Bueno —Sonrió— Yo le llamo así porque en aquella unión de roca hay una entrada que lleva a una roca plana y el agua apenas la cubre con unos centímetros.

—¡De verdad! ¡No te creo!

—¿No me crees? Sígueme.

Nadaron juntos hasta la entrada y con cuidado entraron porque apenas cabía un cuerpo. Adentro, las piedras se abrían formando una pequeña cueva medio iluminada con pequeños huecos en el techo formados por las rocas que se unían. La mujer quedó encantada porque tenía mucho encanto, lo primero que hizo fue acostarse boca arriba para ver la luz que entraba con cautela. El chico comenzó a lanzar agua hacia arriba y el rocío provocó la aparición de pequeños arco iris. El momento se volvió mágico y ella se le quedó mirando al joven con ojos de mujer. Él estaba parado sobre la roca cerca de los pies de ésta. Lo miró con mucho cariño y sacándose el calzón suavemente lo invitó a acostarse sobre ella. Éste que la observaba con detenimiento no se negó al pedido porque sus miembros le indicaban la dirección a seguir. Ahí se desarrolló la primera enseñanza de la profesora.

Después del ajetreo sexual, al estar descansando, la chica le pidió que fuera a buscar a su amiga porque se podría asustar al no verlos en el agua. El chico muy obediente siguió las órdenes de su maestra. Ella decidió quedarse un poco más en el lugar porque le parecía mágico. Antes de marcharse, la joven le dio unos consejos de cómo tratar a su amiga, le motivó a que tratara de acariciarla con mucho tacto para que no la asustara.

El muchacho, aún con el olor del amor en la piel, comenzó a seguir las huellas de la más joven. No muy lejos de ahí la encontró boca abajo muy relajada. Éste se acostó a su lado y con su mano comenzó a acariciarle la piel. Ella sintió su presencia y abrió los ojos para descubrirlo con agrado, se diría que estaba esperándolo. El chico la miraba con ternura y mucho amor.

La mujer se dio media vuelta y se colocó a su costado, sus cuerpos se tocaban. Él continúo acariciándola. Se dio media vuelta y comenzó a tocarle con la punta de su dedo índice el rostro; los otros dedos se le unieron y juntos comenzaron a bajar por su cuerpo. La joven inexperta, cerró sus ojos y se dejó amar. Cuando su mano pasó el límite de los senos, la boca tomó su lugar en ellos. La aventurera se dirigió para la montaña sagrada y se perdió en su limbo, no tardó mucho tiempo para que el llamado de boca de la chica se hiciera esperar. Se unieron en un beso apasionado y entre ambos ayudaron a sacar de prisión al calzón que impedía el acceso al conquistador. En pocos minutos, la quinceañera estaba mojada y deseosa de algo más. Los consejos y la práctica recibida por ambos se metieron en marcha para hacer de ese primer y último encuentro un suceso fenomenal. Cuando el grito de victoria se daba en el chico, un canto de gallo le ganó la atención. Su mente le dijo: "los gallos sólo cantan en la madrugada y ahora estamos en plena tarde".

El chico levantó la mirada en signo de análisis y luego, cerró los ojos para pensar más preciso. Al abrirlos, su decepción fue enorme. Se encontró solo en la hamaca y completamente mojado. Con el espíritu gritando injusticia y una rabia incontenible se levantó para dirigirse al baño. No era aconsejable que lo descubrieran con la ropa mojada, primero porque ya estaba grandecito para orinarse y segundo porque se burlarían al pensar de manera sexual.

Romax había comenzado el proceso de convertirse en un hombre, pero luego un sentimiento de culpabilidad le atravesó el corazón cuando un pensamiento le iluminó el espíritu: "no eres mejor que los demás porque terminaste aprovechándote de ellas"; y automáticamente otra frase opuesta llegaba poniendo la balanza en él: "Tú no las has obligado a nada; les hiciste un favor sin pedirles nada a cambio".

Todo este alboroto emocional dejaba un sabor dulce amargo en su boca por no saber si lo ocurrido había sido una obra de bien. "Todo lo que construí con la mano derecha lo destruí con la mano izquierda", —renegaba consigo mismo— luego, como para continuar viviendo, se decía: "a lo hecho, pecho".

"La vida nos va preparando poco a poco
como se prepara una buena receta,
un ingrediente por aquí,
otro más tarde y así sucesivamente.
El resultado siempre será
de buen sabor en la boca de Dios"

1.8. El primer año de bachillerato

La hermana de Romax, la mayor, ya había comenzado a estudiar el bachillerato en la ciudad de Santa Ana. Ella quería ser secretaria para poder trabajar muy rápido y ayudar a su padre con los gastos de la casa, pero por el momento sólo se dedicaba a estudiar. Romax sabía que al terminar el noveno grado continuaría estudiando, sólo que no había decidido qué carrera elegir. Su padre le había aconsejado que sacara algo que le ayudara a conseguirse un empleo y luego, si él lo deseaba, podría continuar estudiando en la universidad. Ser maestro o técnico electricista eran las opciones más prácticas que se le venían a la cabeza por la experiencia adquirida.

Durante ese año, su padre y él se habían repartido los trabajos eléctricos con el propósito de ganar suficiente dinero para sostener a la familia y a la hermana que estudiaba en la ciudad donde vivían sus tías. La suerte los había acompañado porque durante todo el año casi no había fin de semana libre, aunque Romax lo hacia durante los días de semana después de sus estudios. También les ayudó mucho el hecho que una gran empresa constructora se instalara cerca del pueblo, ésta aportó mucho trabajo al lugar. Su familia se vio favorecida porque su padre fue contratado a tiempo parcial, solamente trabajaban por las tardes o algunos sábados y domingos.

Esta empresa estaba construyendo un canal de cemento que traería las aguas térmicas desde los ausoles, aguas termales, cerca de la ciudad de Ahuachapán hasta desembocarlas sobre el mar pacífico. Con esta empresa, el muchacho descubrió cómo la corrupción en todos los niveles era comida cotidiana. Los obreros y los capataces robaban tiempo y material, los jefes construían sus casas con el material y hasta los que no tenían nada que ver con la empresa robaban. Los abastecedores tenían dos precios, uno para el consumo general, más barato, y otro para la empresa, multiplicado por diez; sin contar que alteraban las cantidades de los productos. Según un contador de la empresa, los grandes patrones simplemente alteraban sus presupuestos para robar en mayor cantidad. El chico no sabía si admirar o condenar ese acto, el mundo que estaba conociendo le comenzaba a poner en la boca un mal sabor.

Romax sabía que su padre contaba con él y por eso inclusive había dejado de jugar al fútbol, su gran pasión. Para él, los estudios nunca fueron un problema. Su progenitor le había enseñado verdaderos métodos de estudio y aunque pudo haber sido el mejor de su clase, se conformaba con estar entre los más destacados. Al final del año sus notas siempre eran excelentes. Una primera opción de estudios era convertirse en profesor, como su papá. El instituto que tenía ese programa, por la cantidad de gente que aplicaba, exigía un examen de admisión y aceptaba a los que obtuvieran las mejores notas, claro que como en todas las cosas las influencias estaban por sobre las notas.

Cuando el joven fue a hacer los exámenes, sintió que los había realizado muy bien. La confianza del chico no dejaba de presagiar otra cosa, pero en su interior solamente estaba complaciendo a su progenitor. Éste estaba orgulloso de que alguien de sus hijos siguiera sus pasos porque la enseñanza era una profesión noble, aunque mal pagada y últimamente perseguida. Su padre creía en él y estaba sumamente seguro de que entraría a la escuela de maestros; por esta razón, no se preocuparon por buscar una segunda opción.

La sorpresa para todos fue cuando recibieron la notificación donde le avisaban que no había sido aceptado; para ese entonces, las inscripciones para ser técnico eléctrico se habían terminado y Romax corría el riesgo de perder su año escolar. Con mucha sabiduría su padre habló con él para explicarle las posibles soluciones que se les presentaban, la idea era no perder ese año de estudios.

En los colegios públicos las inscripciones habían pasado y solamente quedaban los privados porque estos eran más flexibles, el dinero los hacia accesibles. Analizaron las posibilidades y llegaron a la conclusión de que si se tenía que invertir en algo, se debería de hacer en el más rentable y, hablando de centro de estudios, esto quería decir "mejor reputación" porque garantizaba un trabajo al final de su recorrido.

La problemática que se presentaba era que el chico se había vuelto indispensable para las finanzas de la familia y no se podían dar el lujo de no contar con sus servicios. En cierta manera, el hecho de no haber sido aceptado les convenía porque si estudia más cerca de la casa, la posibilidad de ayudar era mayor. Los sábados y domingos estaban comprometidos de ante mano para realizar los trabajos eléctricos.

El padre se informó de los mejores colegios privados que estaban en la ciudad más cercana, Sonsonate. La decisión no fue muy complicada porque solamente habían dos: el centroamericano y el guadalupano. El primero tenía mejor reconocimiento a nivel empresarial y fue éste el escogido. El único problema era que estaba enfocado a profesiones comerciales y el chico no veía con buenos ojos los negocios, odiaba comprar o vender.

Viendo la situación desde un punto práctico y lógico, llegaron a la conclusión que un técnico comercial en contabilidad era la mejor solución porque daba la opción de trabajar al salir o continuar los estudios en la universidad. Los números nunca fueron un problema para el joven.

Cuando Romax se fue a inscribir al colegio, iba acompañado de su padre y fue la directora del colegio quien los recibió. Esta señora era una mujer que con sólo observarla pedía respeto; ella era muy estricta y se la llevaba de honesta. Tenía una cara de muy pocos amigos y cuando vio las notas del chico, se le quedó mirando de la cabeza a los pies. Luego, preguntó:

—¿Estás seguro de que estas notas son tuyas? ¡Son excelentes! —Ella no sabía que su padre era profesor.

Lo dijo con un tono irónico que lo molestó de sobremanera y saltó de inmediato con el machete desenfundado en pie de guerra. " ¡Ésta vieja que se cree! —grito en silencio.

—¡Claro que son mis notas! A mi nadie me regala notas, le respondió un poco altanero.

El padre que no había intervenido sonrió y tocándole el hombro le índico que se callara. La señora al ver la actitud del chico respondió:

—¡Chaparro y respondón, el cipote!

En ese momento intervino su progenitor en un tono más conciliante para evitar la confrontación. La directora comprendió el mensaje y entró en comunicación hasta llegar a un acuerdo. Al final, ésta dijo:

—¡Veremos si el perico es como lo pintan! Te pondremos en la sección de los mejores alumnos donde nadie me tiene que dejar materias y si me dejas una materia, te saco del colegio de inmediato porque aquí en mi colegio no quiero niños haraganes que sólo vienen a perder el tiempo y el dinero de sus padres.

Las cartas estaban tiradas y Romax sabía que su estadía en ese colegio no iba a ser muy tranquila, pero estaba seguro de que ese reto no le daba miedo. Su padre le dijo sonriendo: "¡Vas a tener que esforzarte mucho con esta mujer! Se ve que es muy exigente la vieja", agregaba bromeando.

—Lo que no me gusta es que lo juzguen a uno sin antes darle la oportunidad de defenderse, replicó el chico como enojado. Luego agregó: ¡Verás que esta señora se tragará sus propias palabras!

—¡Así se habla, hijo! La mejor defensa en estos casos son las obras y no las palabras, pero tú no tienes que probarle nada a nadie, solamente a ti. Si estudias es por tu bien, no por el de los demás.

Durante los primeros tres meses, Romax viajaba todos los días. Se levantaba a las cuatro de la mañana y regresaba a las seis de la tarde; en su rostro se veía un cansancio muy profundo porque apenas tenía tiempo para descansar. Ni los fines de semana lo podía hacer porque trabajaba con su padre hasta muy tarde. Además, el conflicto armado que amenazaba esa zona del país, occidente, se estaba intensificando y el peligro era latente. Muchos profesores habían sido asesinados y muchas familias destruidas.

Las escenas de muerte se multiplicaban a diario y la violencia había alcanzado niveles nunca imaginados. El muchacho era testigo callado de esos hechos porque cada mañana encontraba sus expresiones, como vulgar publicidad, en los costados de la carretera litoral.

Aunque no expresó su malestar a su progenitor, estos hechos no quedaban callados fácilmente. No es fácil para un joven ver como la raza humana se deshumaniza sin compasión alguna por sus semejantes y no quedar marcado. Un conflicto callado daña y va carcomiendo el alma de una manera suave y lenta.

La búsqueda de soluciones llevó al padre a pedir ayuda con antiguos estudiantes que seguían sus profesiones en esa ciudad. Un grupo de ellos, cuatro, alquilaban un cuarto sumamente reducido y lo utilizaban de alojamiento temporal. Supuestamente vivían ahí de lunes a viernes, pero en la realidad varios de ellos llegaban desde domingo y, muchas veces, se iban los sábados. Las razones eran válidas para los adolescentes: aprovechar la libertad de estar solos sin vigilancia y evitar realizar trabajos forzados en la casa. Sólo eran puntuales para pedir la mesada de cada semana.

Romax aceptó la ayuda ofrecida con los dientes apretados porque no conocía a los otros jóvenes y él no había sido muy bueno en las relaciones humanas con los de su mismo sexo. Éstos siempre trataban de ponerlo a prueba física y moralmente. Los chicos habían aceptado porque le tenían mucho cariño y respeto a su antiguo profesor, pero a su hijo a penas lo habían tratado. Además, el cuarto en el cual vivían era muy pequeño, casi dormían uno sobre el otro y en cuanto a estudios, era imposible hacerlo.

El padre de Romax no sabía que estos chicos eran muy malas piezas como estudiantes y lejos de ser una tranquilidad, se convirtieron en otro problema para su hijo. Su estancia con ellos fue en su inicio todo un calvario, pero a medida que las aguas fueron llegando a su nivel, la situación mejoró bastante. Ambas partes tuvieron que meter agua en su vino para ligerlo.

En verdad, estos chicos vivían la vida alegre la mayor parte del tiempo. Se la pasaban divirtiéndose a más no poder, no estudiaban y no lo dejaban estudiar. Varias veces le quemaron la cama, lo bañaron de licor y lo dejaron fuera del cuarto. También se ponían a fumar marihuana dentro de la habitación, se emborrachaban y para colmo, utilizaban la pequeña habitación de motel. Ese año, Romax no dejó ninguna materia por pura suerte ya que más de una la pasó arañando el límite inferior. Las únicas notas positivas fueron el conocimiento de una mujer casada y la creación de su primera expresión literaria: el periódico estudiantil clandestino llamado "El PEDO", un diminutivo de la frase: "poniendo el dedo".

Durante el año escolar, Romax tenía una mesada semanal muy limitada; apenas le alcanzaba para comer lo mínimo y si se descuidaba, se quedaba sin dinero para su regreso a casa. Muchas veces tuvo que engañar a la señora que le daba la comida, en el comedor del mercado, para lograr equilibrar su mesada. Con el dolor de su alma tuvo que aprender a mentir y robar. Los viernes que se quedó sin dinero, se regresó pidiendo aventón, es decir: pedir el favor de ser llevado gratuitamente. Cuando tuvo suerte, algún conocido lo llevó directo al pueblo, pero la mayoría de veces, hizo un maratón de sube y baja de camiones. Hubo una ocasión que se subió a diez vehículos y caminó más de veinte kilómetros a pie, salió a las tres de la tarde y llegó al pueblo a las once de la noche.

Con la mujer casada tuvo una experiencia personal muy fuerte y profunda, tanto así que lo marcó para el resto de su vida. La mentalidad que tenía de las mujeres cambio drásticamente y comenzó a verlas con otros ojos. Los primeros tres meses fueron toda una tortura en compañía de sus nuevos compañeros de cuarto, cada uno de ellos estudiaba en colegio diferente y por lo tanto sus horarios eran casi opuestos. Cuando unos estaban en clases, los otros descansaban; cuando otro tenía examen, el resto estaba libre y así viceversa.

Desde que llegó a vivir con ellos, sus camaradas le advirtieron de la mujer del dueño de la casa para que tuviera mucho cuidado porque el marido era muy celoso. A ellos los había puesto bajo advertencia y los amenazó con matarlos si los veía cerca de ella. Según los comentarios de éstos, la mujer tenía lo suyo y era por eso que el hombre protegía su tesoro. Aunque, según ellos, éste la trataba muy mal cuando se emborrachaba. Ella nunca les había dirigido la palabra.

Sus nuevos amigos, después de la primera semana, comenzaron a sacar las uñas con él, la luna de miel fue muy rápida. Por alguna razón que él desconocía, ellos comenzaron a atacarle verbal y físicamente. El joven de quince años, no lograba comprender el por qué de ese cambio de actitud. Le pusieron rápidamente el sobrenombre de "meñique" por el simple hecho de ser el más pequeño de todos. Le quisieron meter en el mundo del alcohol y las drogas, pero éste se negó por completo. Todo este rechazo a formar parte de su clan provocó una persecución, opresión y discriminación. Ellos no aceptaban que el muchacho fuera tan perfecto a los ojos de la gente y sobre todo envidiaban la relación de amistad que poseía con su padre. Quisieron poner a prueba sus principios morales y su lealtad hacia su progenitor; al final, lograron modificarle el primero, pero no su lealtad.

Por suerte para él, los vicios y desordenes juveniles los alejaban muy seguido del apartamento. En algunas ocasiones tuvo que salir casi corriendo de su cama porque sus nuevos amigos eran capaces de hacer el amor sobre él o quizás obligarlo a probar las drogas, como la marihuana.

Un día que estaba solo, a eso de las doce de la noche, escuchó mucho ruido en la casa del dueño. Parecía que estaban discutiendo, una voz masculina alzaba el tono muy feo y golpeaba con furia los muebles de la casa. Los gritos y lamentos de la mujer ponían la piel de gallina al joven que se veía impotente ante tal maltrato. Aunque no la conocía personalmente, se unía a su dolor. Quiso espiar, pero las puertas y ventanas estaban cerradas. Una furia y un deseo de ayudar le invadió el espíritu, la impotencia que sintió lo llevó a maldecir a la persona agresora.

Al final, se escuchó un gran golpe; parecía que alguien desquitaba su furia contra una puerta. La calma reinó en el ambiente. Unos minutos después, se escucharon unos pasos recorrer el pasillo que llevaba al baño que utilizaban en común, unos sollozos muy sentidos le quebrantaron el alma. Un deseo de levantarse y salir corriendo para prestarle ayuda le invadió el espíritu. La advertencia de los muchachos y el consejo del padre, "no es bueno meterse en líos de una pareja porque al final el perjudicado es la tercera persona", lo retenían.

Su carácter rebelde lo hacía romper cotidianamente las reglas del juego, su padre le advirtió un día por ello, "tu carácter te va a meter en líos si no lo sabes dominar a tiempo". Por eso, bajo el pretexto que tenía ganas de orinar, bajo las escaleras de madera para dirigirse al baño: su cuarto quedaba en un segundo piso. Como alguien que no sabe ni ha escuchado nada, se fue directo al servicio y se hizo el desentendido. Hizo sus necesidades normales y cuando se dirigió a la pileta para lavarse las manos, la encontró callada sentada sobre un banco de piedra que servía de apoyo para desvestirse, estaba en la oscuridad.

—¡Perdone! Pensé que no había nadie. —Le dijo muy suave.

—No se preocupe. Haga de caso que no estoy aquí, le dijo ella sollozando.

La chica se quedó callada, pero en la oscuridad las lágrimas corrían fluidamente sobre su rostro y la luz de la luna las hacía brillar.

—Yo sé que no es de mi incumbencia, pero si puedo ayudarle en algo sólo tiene que decirme. Usted está aquí y negar una realidad nunca ayuda en nada: quizás hablar le ayude un poco. Yo no soy maestro en la materia, pero a mí me ayuda muchísimo.

—¡Nadie puede hacer nada por mí! —Dejó escapar muy bajo.

—Puede ser, pero por experiencia sé que no hay mal que dure cien años ni cuerpo que lo resista. ¡Me salió a canción!, dijo en son de broma.

La chica sonrió y se secó las lágrimas de su rostro.

—¿Usted es uno de los chicos del cuarto alquilado, verdad?

—Exacto. Soy uno de ellos, quizás el más nuevo. Tengo a penas un mes de vivir aquí.

—No lo había visto.

—Yo tampoco a usted, pero algo me habían mencionado.

—¿Qué cosa?, preguntó curiosa.

—No gran cosa, pero sí que su marido era muy machista y por ende, celoso.

—No se puede ocultar eso, ¿verdad?

—El sol no se puede ocultar con un dedo.

—¿Pensarán que soy muy tonta, una buena para nada o que me gusta el maltrato?

—Lo que opine la gente no tiene porque afectarle, pero su propia opinión si debe importarle. ¿Cómo se ve usted?

La chica no respondió y el chico pensó que había sobrepasado los límites, aprovechando el silencio dejado por ella se marchó sin darle tiempo de responder.

Ese primer encuentro marcó una amistad que los uniría por cierto tiempo. Él chico regresó a su cuarto con la satisfacción de haber sido un instrumento de paz para alguien que se encontraba sufriendo.

No mucho tiempo después pudieron reanudar la plática, sucedió una noche que sus compañeros de cuarto llegaron con una joven, según ellos compañera de estudios. Romax preparaba unos exámenes para el día siguiente y a sus amigos les importó poco este hecho. Encendieron un puro de marihuana y le ofrecieron a éste para que la probara, según ellos le ayudaría a la concentración. La chica, quien se creía de pensamiento muy abierto, lo invitó de manera hostil, casi le metió a la fuerza el cigarrillo por la boca. Con mucho respeto el muchacho lo apartó de su lado y se le quedó mirando con ojos de pocos amigos. Ella con una sonrisa burlona se burló de él y sus amigos lo llamaron cobarde, uno de ellos insinuó que a lo mejor no le gustaban las mujeres. Nuestro héroe muy indignado, cogió sus libros y se salió del cuarto. Ponerse a pelear era luchar contra la corriente, su lógica le indicó que la retirada era la mejor estrategia. Con tan mala suerte que encontró una llovizna primaveral cayendo afuera. El único lugar para continuar estudiando era un pequeño rincón iluminado cerca de la casa grande, justo al lado de la cocina; a él no le importó y con mucha fuerza de carácter continuó su labor. Respiró profundo y se dijo: "el que se enoja pierde y tú no estás para perder esta batalle; tú trabajo es estudiar y en este momento lo más importante es pasar estos benditos exámenes".

Ahí estaba, cuando se abrió la puerta de la casa y salió la dueña vestida con una bata de dormir; se le quedó mirando, lo reconoció, lo saludó y se dirigió al baño. Fue un pretexto, ella escuchó pasos y quiso saber quien era. No se tardó mucho tiempo en regresar a su casa. La chica no era tonta y sabía que no era normal que el joven estuviera estudiando en ese lugar, vio la luz y la bulla de los compañeros de cuarto, comprendió la situación.

A la mujer se le ocurrió planchar la ropa de su marido en la cocina y se instaló para ello. En un reflejó de automatismo apagó la luz exterior, pero rápidamente la encendió porque se percató de su error, inclusive salió a disculparse. El muchacho, en el instante, se decepcionó de su suerte y se puso a recoger sus útiles escolares. El enojo no le duró mucho porque la voz dulce de la chica pidiendo perdón lo calmó.

—¡Lo siento! No lo hice a propósito.

La joven había abierto la puerta de improviso y su expresión dejaba entender sus sentimientos. Él cuando la vio se sorprendió y al mismo tiempo cambió su semblante.

—¡No se preocupe! Ya iba a terminar. —Mentía.

—¡No le creo! La mujer miró muy segura de sí misma y mirando hacia el cuarto dijo: "sus amigos tienen visita y usted tiene exámenes, ¿Verdad?".

Un poco avergonzado por haber sido atrapado en la mentira, éste aceptó.

—No tiene porque quedarse ahí afuera, se puede enfermar. Si gusta puede pasar a la cocina y me acompaña, yo estoy planchando.

Extrañado de la invitación, le preguntó:

—¿Su marido no estará de acuerdo?

—No tiene porque saberlo, él no está y vendrá dentro de una semana. Además, no haremos nada malo.

—¡Es verdad! A mi no me importa lo que diga la gente, pero de ninguna manera quiero ocasionarle un daño. Sé que su marido es muy celoso.

—¡Bueno! ¡Cómo quiera! La invitación está hecha. Por mí no hay problema —lo dijo en tono seco.

Una brisa fuerte comenzó a soplar y el agua de la lluvia amenazó con mojar todos sus cuadernos.

—¡Creo que voy a aceptar la invitación! ¡Va a llover! Miró al cierlo y extendió su mano derecha para comprobar que la lluvia comenzaba a caer, se apresuró a tomar sus libros y notas.

Ambos entraron a la cocina, ella desocupó la mesa y lo dejó instalarse. Cada uno se metió a su respectiva labor y trató de mantener la distancia. Él pudo observar en la claridad que la mujer no era fea, su marido tenía razón de cuidarla. Sus rasgos se alejaban de cualquier mujer salvadoreña: era un poco alta, de piel blanca, pelo castaño y ojos gateados. Ella vestía una bata con tirantes muy floja y a cada rato uno de los tirantes se deslizaba por su brazo mostrando parte de sus senos desnudo porque no cargaba puesto su brasier. Ella se apresuraba a subirlo sin voltear a ver al estudiante que seguía de reojo el va y venir de la prenda rebelde.

Al poco rato, el silencio pudo más que ellos y fue ella quien comenzó la conversación.

—¡Gracias! Dijo tirando la palabra a los vientos. No había podido darle las gracias por la compañía y las palabras que me dijo la vez pasada.

—No fue nada.

—Para usted quizás no fue nada, pero para mí fue una pomada en mi dolor. ¿De seguro escuchó la pelea con mi marido?, y por eso fue al baño.

—Lo siento, no quise inmiscuirme en sus asuntos.

—Lo sé, por eso se lo agradezco. Necesitaba desahogarme un poco, tenía tiempo que no lo hacía.

—¿No tiene amigas o amigos?

—Con un marido como el mío es imposible. Apenas pueden venir a visitarme mis familiares. Lo dijo con un tono de decepción muy grande y una mirada de gatita que partía el alma.

—Eso si es grave, la familia es muy importante en la vida de toda persona; en las mujeres más aún. Al menos espero que pueda tener una buena comunicación con su marido.

—Si se puede llamar comunicación a los golpes, las órdenes y las amenazas. ¡Tengo una excelente comunicación! Lo dijo con un tono burlesco muy marcado.

—¿Y por qué acepta ese trato?

—Esa es la vida que escogí y tengo que aguantarme el calvario.

—Nadie escoge sufrir, a menos que sea masoquista y usted me dijo que no lo era.

—¿Qué puedo hacer? No soy nadie, ni siquiera puedo escribir. Y para colmo en mi familia no se acepta el divorcio. Frunció su boca. Mi padre dice que el deber de una mujer es obedecer a su marido en todo, en el sufrimiento, en la alegría, en los golpes y en el sexo.

—¡Su padre debe de parecerse a su marido!

Ésta se quedó callada con mucha vergüenza.

—¡Perdone! No quise ofenderla.

—No se preocupe, pero ¡creo que tiene razón! Es la viva imagen de mi marido.

—¡Pero tiene que ser positiva! En la vida siempre hay una salida para todo. Quizás la llegada de un bebe puede arreglar la situación de su hogar.

—Tendría que ser el del Espíritu Santo y no creo que mi marido sea tan humano como San José.

—¿Por qué dice eso? Véase, es una mujer muy hermosa y físicamente tiene todo para ser una buena madre.

—Creo que no ha comprendido. No puedo tener hijos.

El chico al ver la tristeza de la chica sintió que había metido la pata nuevamente.

—Lo siento, pero soy lento para aprender las sutilezas. ¿Ya visitó los médicos?

—No es necesario, las pruebas son demasiadas claras. Mi marido tiene hijos con otras mujeres.

—¿Quién dice que son de él? A lo mejor le metieron gol.

La mujer sonrió de buena gana y comprendió que con él no ganaría. Cambiaron de tema y terminaron de platicar como a las tres de la mañana. A esa hora, el joven volvió a su cuarto, no sin antes ofrecerle sus servicios para enseñarle a leer y escribir.

Cuando abrió la puerta de su habitación se encontró con una escena muy triste, el lugar apestaba a marihuana y los tres personajes estaban completamente desnudos, uno al lado del otro, en el piso. Al ver a la joven le dio mucha compasión y le puso una colcha delgada para cubrirla, pero ésta se la quitó de inmediato. Viendo que no podía hacer nada se metió a su cama con la intención de dormir unas tres horas para estar de punto para su examen.

Éste no tardó mucho tiempo en dormirse a pesar del olor a monte quemado que tenía impregnado su colcha. Los efectos de la droga se hicieron sentir al buen rato, el joven comenzó a sentirse mal. Primeramente experimentó una incapacidad a despertarse, sentía como si la cama lo tenía preso y luego veía cómo su alma se desprendía de su cuerpo. Al principio tuvo mucho miedo, pero al convencerse que estaba soñando fue recuperando poco a poco la confianza en sí mismo. Un sueño raro comenzó a abrirse en su interior, las palabras se transformaban en peldaños de una escalera sin fin; cada palabra pensada caía a sus pies y él caminaba curioso por saber cuál era su destino, las nubes y las estrellas estaban al alcance de su mano.

Luego, una sensación extraña y hermosa le invadió el alma. Comenzó entonces a jugar con las palabras y a inventarse frases que lanzaba al aire; las palabras ya no eran peldaños sino globos de colores, mariposas y aves. En ese lapso místico estaba, cuando sintió que de la tierra lo jalaban con un lazo lleno de flores, el aroma del amor invadió su espíritu y, al ver hacia abajo, una diosa completamente desnuda lo recibía entre sus brazos.

Él se dejó invadir por las caricias de su amada y se entregó a una escena de amor muy candente. Luego, completamente agotados, ambos se quedaron dormidos uno sobre el otro. El sonido del tren que salía a las seis de la mañana lo despertó de improviso. Su sorpresa fue muy grande al ver que la joven dormía sobre él. Se levantó de prisa, se fue a bañar y desapareció del lugar muy nervioso y asustado.

Por la noche, los compañeros de cuarto estando en sus cinco sentidos y hablaban con mucho orgullo de la orgía que habían realizado. Romax, en cambio, tenía sus sentimientos compartidos porque su sueño lo dejó muy inquieto, por suerte no le causó problemas con su examen. Éstos lo trataron de cobarde y homosexual para herirlo en su orgullo. Para defenderse del ataque se lió en una riña con uno de ellos y salió mal parado en el combate.

Después de ese día, él y la mujer casada, se inventaron un código de comunicación secreto para saber el momento propicio de encontrarse; ella tenía la firme intención de aprender a leer y escribir. Para el chico era una experiencia nueva, por primera vez conocía los sentimientos que su padre experimentaba en su profesión de maestro. Era hermoso ver como ella se iba desarrollando intelectualmente con el simple hecho de escribir y leer. En su mente las figuras de la oruga y la mariposa se movían en armonía. Ese secreto los unió muy fuerte, a tal grado que la influencia de él sobre ella se palpaba en su comportamiento a pesar que le duplicaba la edad.

La relación de pareja se fue deteriorando mucho, el marido ya no se ausentaba sólo cada quince días sino que lo comenzó a realizar cada semana. Cuando estaba en casa, éste siempre buscaba un pretexto para salir porque se sentía como un león encerrado. Según la mujer, casi no la tocaba y si lo hacía era para salir del paso sin poner mucha emoción. A pesar de todo ese suplicio, ella se mantenía en su posición de mujer digna y no deseaba pagarle con la misma moneda. El chico se veía reflejado en el marido y se juraba que cambiaría para no llegar a ser como él.

A mediados del año, justo cuando sus compañeros tuvieron una semana de vacaciones y él se quedó viviendo solo. En el hogar se armó una buena pelea cuando la mujer le reclamó sus ausencias y la posibilidad que tuviera amantes. Ella, quien tenía pruebas concretas, se las mostró y el hombre en un arrebato de enojo la golpeó muy feo. Le confirmó sus sospechas y le echó en cara su incapacidad de tener hijos. Éste se marchó enojado a la calle y la mujer llena de coraje le puso una tranca a la puerta de la casa para que no entrara. Desde adentro, ella le gritó que la dejara sola, que se marchara para siempre y el esposo le respondió confirmándole su deseo.

Romax, quien había escuchado todo el drama, aguardaba en silencio esperando la oportunidad de correr en su auxilio. La mujer en su dolor salió a la parte trasera de su casa y tomó un cuchillo con la firme intención de quitarse la vida. El joven la escuchó salir y con mucha cautela salió en su búsqueda. Él la encontró acurrucada llorando diciendo que no lo podía hacer.

—¡No lo hagas! No se lo merece. Por Dios te pido que por favor no lo hagas.

La chica al verlo en la oscuridad tiró el arma y se lanzó en su búsqueda. Él la recibió con los brazos abiertos y ella se convirtió en un baño de lágrimas. Ahí estuvieron por un buen rato sin decir nada, casi dos horas, y luego se metieron a la casa. En la claridad de la cocina, el joven pudo observar los daños corporales que tenía en el rostro. Una cólera inmensa le invadió el corazón, le preparó un té caliente y le puso un pedazo de hielo en el rostro.

Mientras él le preparaba la bebida, ella se fue a cambiar de ropa a su cuarto y se quedó pensando sentada sobre el borde de su cama. Todo lo hacían a oscuras porque no deseaban que nadie se diera cuenta que estaba despierta. Romax le llevó el té hasta su cama y se sentó a su lado, ella lo agarró mientras que éste le ponía nuevamente el hielo sobre el rostro.

—¡Gracias por estar conmigo!

—No es nada.

—Te juro que es la última vez que me toca de ese modo. No me importa lo que pase, pero no me vuelve a tocar. —En sus ojos se veía una rabia profunda.

—¡Tranquila! No pienses en eso ahora. Cuando estés con más calma reflexionas tu reacción, nunca es bueno tomar decisiones cuando se está enojado.

—¿Tú crees que es de hombres tratar a una mujer así? —Ella le mostró las señales en los brazos y los moretones en las piernas.

—¡Qué puedo decirte mujer! Se lo dijo con la voz medio quebrada de emoción.

Ambos se unieron en un abrazo muy fuerte. Luego, él le dijo:

—¡Será mejor que descanses! Mañana será un nuevo día.

—¡Tú crees que podré descansar!

—No lo sé, pero debes intentarlo.

La mujer se dejó caer de espaldas a su cama. El joven se levantó y levantándole las piernas la puso en posición correcta.

—¡No me dejes sola! Contigo me siento segura.

Sentándose de nuevo a su lado, le dijo:

—No es prudente que tu marido me encuentre aquí, se va a armar la de San Quintín.

—No te preocupes, él no volverá esta noche y si vuelve no podrá entrar porque le he puesto una tranca a la puerta.

No muy convencido, aceptó la invitación y continuó poniéndole el hielo en el rostro medio recostado sobre la cama.

—¿Te duelen mucho los golpes?

—¿Qué crees? Le respondió con una frase irónica.

—¡Perdona! ¡Qué pregunta más tonta!

—¡Perdóname tú! No debí responderte de ese modo.

Ambos se quedaron en silencio.

—Si pudiera aliviarte el dolor que tienes, te juro que lo haría.

—Nadie puede quitarme mi dolor, pero ¡gracias! por la intención.

Le tomó las manos al joven y se las besó suave.

—Dicen que el dolor con amor se cura y tú me estas dando mucho amor.

El muchacho sacó sus manos de las manos de ella y le acarició los golpes con mucha ternura.

—¿Me permites que te bese los golpes?

Ella sonrió y contestó:

—Solamente si son todos.

Romax había pensado en el moretón que tenía en el pómulo derecho, pero ella le fue descubriendo el resto y no se limitó a esconder nada. El chico entre sorprendido y nervioso seguía la mano que lo guiaba. Al final, él le dijo, con tono de satisfacción, ¡he terminado!

—¡Te falta uno! El del corazón.

Se quedó pensando unos segundos y preguntó:

— Y ese ¿Cómo se besa?

Ella sonrió y contestó:

—No lo sé, pero podrías comenzar por aquí. Le mostró los labios.

El adolescente obedeciendo el mandato se fue a buscarlos directamente. El primero fue suave, tierno y muy dulce. Ella lo recibió con tanta necesidad que parecía estar bebiendo agua en el oasis después de atravesar un desierto. Eso dio inicio a un besuqueo candente porque la mujer dejaba escapar todo su coraje comprimido. Parecía que no la habían tocado durante muchas lunas y, a pesar del dolor de su cuerpo, deseaba sacar todo el calor de mujer que guardaba dentro de sí. No terminaron haciendo el amor porque en un movimiento brusco sus costillas se resintieron y las acciones se detuvieron con el quejido. Ambos quedaron lado a lado viendo el techo del cuarto. A los minutos, una llave trataba de abrir la puerta sin lograrlo. El joven amante se asustó, pero la mujer con una calma sorprendente lo invitó a que se mantuviera callado.

Ella se levantó y se dirigió a la entrada. El marido pronunciaba su nombre muy suave para que le abriera. Ésta desde adentró le dijo muy claro: "no deseo que vuelvas a entrar a esta casa, lo que me hiciste hoy pasó de sus límites; no deseo volverte a ver, regresa con tus amantes y tus hijos".

El tipo intentó abrir la puerta sin lograrlo y ella volvió a la carga diciéndole: "si entras, te juro que no durarás mucho tiempo vivo porque te mataré con cualquier cosa que encuentre: te echaré veneno en la comida, esperaré a que te duermas para acuchillarte o simplemente te meteré un tiro. ¿Qué escoges?, preguntó"

Es muy bien sabido que una mujer enojada es más peligrosa que cualquier arma mortal. Un silencio se observó en la calle y el marido no volvió a pronunciar una palabra. Comprendió la advertencia y prefirió tomarlo a su favor, tenía la vía libre para irse de parranda como muchas veces lo hizo. La chica volvió al cuarto donde la estaba esperando medio asustado el joven, en apariencia estaba tranquilo, pero por dentro temblaba y planificaba por donde saldría volando del lugar. Solamente se repetía en su mente: "¡Mi padre me lo advirtió, meterse con una mujer casada es meterse en líos!".

Cuando ella le hablaba a su esposo, lo hacía con voz sólida y segura, pero al llegar junto a su amigo no pudo aguantar la presión y se desató en un mar de llanto.

—No te preocupes que por ahora no volverá, le dijo ella.

—¡Estás segura!

—¡Claro que sí! Lo conozco después de quince años.

—¡Acostémonos! —Le dijo dirigiéndose a la cama.

Ella se quitó la bata que tenía puesta y se quedó con un vestido transparente que aunque fuese de noche, dejaba entrever mucho. Parecía que la mujer se había abandonado a sí misma y no le importaba nada de lo que le ocurriera y, por lo tanto, estaba libre de hacer lo que deseara. Comenzó a sentir una sensación de libertad muy extraña.

El chico se había quedado de pie frente a la cama, un nerviosismo le invadió el cuerpo. No sabía si acostarse o salir huyendo del sitio. La chica intuyendo lo que sentía el joven lo presionó para que tomará la decisión de acostarse a su lado.

—¿También tú quieres abandonarme? —Estaba sentada sobre la cama y luego se dejó caer de golpe.

Éste no dijo nada y se acomodó a su costado.

—¡Nunca pensé que un día podría hablarle de esa manera! ¡Era tan fácil hacerlo! ¡Cuánto tiempo de paz hubiera ganado si lo hubiera hecho antes! ¡Y todo te lo debo a ti! —Ella se sentía libre y esa libertad la hacía feliz.

—¡Tú no me debes nada! Nadie es capaz de hacer cambiar a otra persona, solamente ella misma es capaz de hacerlo.

—¡Es verdad! Pero tú eres como mi ángel, has llegado a mi vida cuando más lo he necesitado.

Se dio media vuelta para abrazarlo y besarlo, le buscó los labios con mucha naturalidad. Luego se volvió a su posición original.

—¡Estoy muy feliz! ¡Espero que no vuelva nunca! —Se quedó callada un instante— No, es mejor que vuelva. Tengo muchas cosas que decirle en su cara y no quiero quedarme con ellas porque me harán mucho daño.

—¿Qué te gustaría decirle?

El muchacho abrió la puerta de los sentimientos y éstos salieron volando sin miedo alguno.

—Le diría: "te he querido, amado y respetado desde que te conocí y a cambio ¿qué he recibido?: mal trato, incomprensión, humillación tras humillación, celos sin sentido, burla y amenazas. Es verdad que no he podido darte hijos, pero he hecho hasta lo imposible por tratar de remediarlo complaciéndote; me he quitado el bocado de la boca, no te he hecho gastar más de lo necesario por mí y nunca te he levantado la voz. Jamás te hice un problema en público cuando supe que andabas con otras mujeres, me tragué mi dolor de saber que no me deseabas y que preferías andar con prostitutas. Me sentido inútil, incapaz y buena para nada porque tú me lo has hecho sentir directamente. Me he visto al espejo y no me ha agradado ver lo que ahí se refleja, me siento fea por dentro y por fuera. He tenido el deseo de quitarme la vida miles de veces, pero no lo he hecho porque me he descubierto cobarde. No sabes cuantas noches he llorado en silencio porque la soledad de la casa me volvía loca. Mi cuerpo te ha pedido a gritos que lo toques y tú lo has rechazado fríamente con un "tengo sueño" y me he quedado deseando que un fantasma se aparezca para que me calme la sed de amor que me está quemando. ¿Estás orgulloso de lo que has hecho de mí? ¡Mírame!, soy un despojo de mujer. Alguien que soñó con sentirse amada, tener muchos hijos y morir en la vejez con su marido. Hoy me encuentro sin sueños ni ilusiones, como una planta seca y deseando no tener marido. Me has pisoteado, arrastrado como trapo viejo, tirado a la basura como una muñeca inservible y para colmo de males, me has restregado a tus mujeres en mi cara diciendo que son mejores que yo. Te juro que me has hundido tan profundo en mi miseria que ya me cansé de ser basura. Desde hoy renuncio a mi silencio y no pienso callar más lo que no me gusta o no está bien. No me quieres o no me deseas, ¡magnificó!. Ese no es mi problema. ¡No deseas mi amor!, buscaré a alguien que desee mis caricias, mis besos y mi cuerpo. Tus problemas no serán más mis problemas, puedes quedarte con tus debilidades, falsos ideales y prejuicios. Hoy quiero sentirme una mujer en carne y espíritu, deseada y querida; soñadora y romántica. Alguien respetada por lo que es, simplemente una mujer."

Romax se había quedado escuchándola y viendo como las lágrimas brotaban con cada palabra que pronunciaba, parecía un volcán sacando toda la lava que le quemaba dentro. Éste tenía deseos de abrazarla y hacerla sentir querida, pero el miedo a dañarla lo detenía. Ella volteó su rostro para buscarlo y al encontrarlo le comenzó a acariciar la cara.

—¡No sabes cuanto aprecio que estés a mi lado! No sé lo que haría si estuviera sola.

—Me gustaría hacer mil cosas para ayudarte a sentir mejor, pero me siento sin armas para defenderte.

—¡No necesito que me defiendan! ¡Necesito sentirme querida!

Ella comenzó a acariciarle la cara y luego se acercó para besarlo muy profundo. Se puso de rodillas y se desnudó por completo.

—Hoy quiero hacer lo que siempre he querido. ¡Amar sin esperar a ser amada!

Se dedicó a desnudar al joven y literalmente se lo comió a besos de pies a cabeza. Ambos entraron en una dinámica de amor que los llevó hasta el amanecer.

Esa semana se quedó todas las noches con ella aprovechando la ausencia del marido y la de sus compañeros de cuarto. Después de cierto tiempo, el marido volvió a su casa, pero ya no fue lo mismo entre los esposos. La mujer se metió a estudiar decidida a obtener su sexto grado, que para ese entonces era lo mínimo necesario para conseguir un empleo. El joven y la señora se continuaron viendo siempre que podían, pero tuvieron que separarse a causa de las vacaciones escolares. Durante ese tiempo, el esposo murió en un asalto a su tienda y la chica se descubrió embarazada. Ella vendió todo y se marchó del lugar. Cuando los chicos regresaron, tuvieron que buscar otro apartamento. Romax aprovechó para cambiar de compañeros y de aires porque la mujer lo había dejado marcado.

En el colegio apareció a mediados del año un periódico clandestino llamado "Poniendo el dedo" que vulgarmente era llamado "EL PEDO" porque traía mucha suciedad social y nadie se hacía cargo de ser el autor. Era una sola página y sacaba a relucir las anomalías que sucedían en el colegio y la sociedad.

Este medio de propaganda salía cada semana y sacaba sólo diez ejemplares. Nadie supo que detrás de él se encontraba Romax porque como decía su abuelito: "un secreto sólo es secreto si no se comparte". La directora pasó por todos los grados del colegio, amenazó con expulsar al culpable o a los culpables, pero el periódico nunca dejó de circular; al contrario, se hizo tan popular que todos lo esperaban para conocer las novedades de la institución.

Entre las ediciones que más gustaron a los lectores de "EL PEDO", tuvo una impresionante aceptación "la protesta de un cipote" porque hacía eco de un sentimiento popular callado de la sociedad.

Con la protesta, "EL PEDO" tuvo reconocimiento en todos los colegios de la ciudad porque los fanáticos se encargaron de hacerlo conocer. La protesta iba dirigida a nadie y a todos, por eso es que muchos se identificaron con el tema. Esta edición decía así:

Este día quiero protestar por todo, por todos y por mí mismo. Quiero elevar mi voz como la voz de los que no tienen voz, por los que pudiendo hablar no lo hacen y por los que lo hacen sólo para adentro y no para afuera. Me gustaría decir que todo en la vida está bien, que todo marcha sobre ruedas y que no hay nada qué mejorar. ¡Que ilusión más grande!.

Comenzaré protestando por esta guerra, ¡esta maldita guerra!. Yo estoy en medio de ella porque no me gusta ser ni de un bando ni del otro. Estoy harto que los soldados se la lleven de tipos y quieran arreglar todo con las armas. No estoy de acuerdo que maten a niños, mujeres, ancianos y jóvenes. Por eso digo ¡NO A LA GUERRA! ¡Cuántos amigos míos han muerto sólo porque les pusieron el dedo! ¡Cuántos profesores han desaparecido sólo porque se atrevieron a decir lo que no está bien! ¡Cuántos jóvenes han muerto sólo porque les gustó la idea de que podría haber algo mejor! ¡Cuántos has muerto sin saber por qué!... Me sentiría estúpido morir por equivocación.

Tampoco estoy de acuerdo con los muchachos, los guerrilleros, porque los postes de corriente no tienen la culpa de nada, los familiares de los soldados tampoco, los hospitales menos y los niños con sus piernas amputadotas por las bombas "casabobos" ni se diga. Me gustaría y creo que se unen a mí muchas voces, si tienen algo que arreglar váyanse a un campo abierto y mátense ustedes solos, pero no se lleven a tanto inocente entre sus manos. No concibo una ideología ni una política que se aproveche de los más indefensos para lograr sus fines. Por eso sigo diciendo ¡NO A LA GUERRA! Yo, ¡PROTESTO!

¡Sería demasiado fácil arreglar el problema si fuera así! Suena tan ilusoria y fuera de realismo mi propuesta. Tanta pobreza en tanta gente no se puede arregla de la noche a la mañana, tanta corrupción no se puede sacar de las mentes y los corazones de un sopapo, tanto egoísmo no puede desaparecer de inmediato, tanto maltrato tiene que revelarse algún día. Hay tan pocos ricos y habemos tantos pobres que si repartieran una décima parte de su riqueza, el país tuviera otra cabeza. Pero de nada serviría esa repartición porque los lagartos se quedarían como siempre con ella, como sucede con las donaciones que dan los países cuando sucede alguna catástrofe. Ni los de la cruz roja no se salvan, como dice el refrán: "en arca abierta, hasta el justo peca". Lo peor es ver al pobre abusar del mismo pobre. ¡Qué vergüenza ver ese espectáculo!

El problema no sólo está en las altas esferas, está también en las bajas. No hay nada peor que ver a un pobre estafar a otro pobre, no hay nada peor que el propio padre abusar de su hijo, no hay nada peor que la propia persona maltratar a su persona. ¿A dónde iremos a parar si seguimos así? No lo sé y creo que nadie lo sabe todavía. Por el momento, sigo protestando y exijo que nos dejemos de matar entre hermanos, todos queremos paz, todos queremos vivir.

Luchemos por construir un mundo mejor para los que vienen atrás de nosotros, dejemos una mejor herencia para las futuras generaciones, dejemos un mejor país para que los hijos de mis hijos se sientan orgullosos de nuestro pequeño pulgarcito de América. Dejemos tierra fértil para los próximos viñadores.

Un anciano me dijo: "todos los males vienen del corazón de las personas", y lo creo. Por eso pienso que necesitamos muchos médicos porque es necesario una operación de corazón abierto. Es imposible cambiar a los demás si éstos no desean hacerlo; la única alternativa es tratar de cambiar nosotros mismos. Cambiando nosotros, cambiará nuestro metro cuadrado; ése pequeño ejercicio hará cambiar nuestra familia y así nuestra sociedad tendrá una oportunidad de cambiar, la pequeñita bola de nieve puede convertirse en avalancha de amor.

No les niego que muchas veces quisiera salir corriendo con todas mis fuerzas, volar alto y lejos, escaparme en las alas una golondrina y hacer nido en otra cornisa, gritar fuerte mi impotencia o desaparecer para aparecer en otro lado. Tanta injusticia me carcome el alma, me ensucia la vida y me aniquila la ilusión. Pero aún así, nunca he pensado en suicidarme porque para mí la vida es el más grande tesoro que mis padres me dieron.

Espero no tener que salir corriendo de mi país como muchos de mis compatriotas porque perdieron la esperanza de una solución. No los culpo ni los juzgo, dicen que la esperanza es la última que muere, solamente espero que no me la maten con algún disparo loco o una bomba casabobos. Si fuera entrenador y estuviera en la esquina del cuadrilátero, hace ratos hubiera tirado la toalla para salvar a mi boxeador.

No deseo entrar en la dinámica de la violencia porque estoy seguro de que ésta nunca será una alternativa viable. La violencia nunca traerá paz, porque engendra heridas que nunca sanan, produce resentimientos que ciegan el corazón y perdida inútil de vidas que nunca se recuperan. Sin contar con los huérfanos, las viudas, los ancianos, los inválidos y los enfermos. Nuestra sociedad no tiene ni tendrá los medios para hacerse cargo de esta gente porque los considera una carga social. Eso quiere decir que evitar la guerra es curarse en salud.

Por lo pronto, en representación de los que se consideren UN PEDO por decir las cosas que no están bien que apestan en nuestro interior, yo me hago eco de una sublevación que quiere libertad de expresión. Sé que soy un simple pedo de la sociedad que necesita reconocimiento, que quiere que le devuelvan su prestigio, recuperar su estima y reconocer a su vecino como a un miembro de su familia. Pensemos un poco, entre pedos no tendría que haber cagadas. Quitémonos las alhajas y vanidades sociales y quedaremos como simples mortales. Tan parecidos unos a otros que sería imposible reconocer que somos diferentes. La igualdad en el hecho que todos somos seres humanos, nacidos de un mismo padre a quien podríamos llamarle Dios. Entonces, si somos hermanos nos uniría una misma sangre y un mismo amor de familia. Es raro ver que los hermanos se peleen y si lo hacen, en su mayoría de casos, se reconcilian.

Es fácil tirar piedras al río y ver la corriente pasar; lo difícil es estar dentro de éste y mantenerse a flote. Luchar contra la corriente es cosa de valientes y saber navegar las olas es cosa de sabios. La pregunta que hago es: ¿Eres valiente o sabio? Hay muchos valientes que yacen en tumbas comunes y muchos sabios que buscan fortuna bajo otra luna. No es fácil buscar una solución dentro de un vaso de agua, más aún si eres parte del agua.

Comenzaré por mí mismo, ¿qué debo hacer para cambiar o mejorar como persona? Creo que para contribuir en algo bueno, comenzaré dejando de ser egoísta; este sentimiento me aleja de mi hermano. Trataré de hacer amigos, entre cheros no hay broncas. Disfrutaré la vida como una bella aventura, todo es hermoso cuando se ve con amor. Ofreceré lo mejor de mí sin esperar nada a cambio, de esa manera no quedaré decepcionado si no me devuelven el favor. Me esforzaré para que mis palabras vayan en sintonía con mis obras para que no me llamen hipócrita y trataré de ser justo con el otro para que la justicia me devuelva mi nombre. Juntos podemos mejorar nuestro alrededor, yo con mi voz y ustedes con sus perfumes de amor.

Un pedo puede apestar a una sociedad, pero si lo vemos con buenos ojos puede hacernos despertar o descubrir una realidad oculta. Un pedo es el resultado de una mala digestión del alimento diario. ¿Qué come nuestra sociedad cada día? ¿Por qué apesta tan mal cada expresión estomacal? Quizás una capsula de "Alka -seltzer" nos haría mucho bien o cómo dice mi abuelo: "una buena purga nos caería de maravillas". Yo me inclino por mejorar la alimentación, ya que ésta es la causa del problema.

Como pedo, protesto firmemente contra aquellos que están contra la vida, contra aquellos que abusan del vecino, contra aquellos que tienen el poder y se aprovechan, contra los que nos quieren imponer sus ideas, contra la maldad en todas sus formas, contra el materialismo, contra el alcoholismo, y todo lo que termine en ismo. PROTESTO contra EL CORAZÓN que no deja entrar la luz del amor en su vida. Si todos tuviéramos un corazón más puro qué diferente sería este mundo. Y por último, protesto contra mí mismo porqué no he sido capaz de cambiar para poder cambiar a los demás.

EL PEDO.

PD. Yo seguiré siendo un PEDO con mayúsculas mientras sigan siendo víctimas de la violencia y las faltas de amor las personas justas de mi sociedad. Al que se sienta tocado que se limpie, que cierre ojos, oídos y narices para que siga metido en la misma mierda de la cual él es parte constante e importante. Para aquel que quiere ser un pedo, que aleje de su vida la mentalidad exclusivista, egoísta y materialista, para luego comenzar siendo solidario con el más pequeño y rechazado de nuestra sociedad. La libertad de la persona comienza respetando la libertad de la otra persona. Por lo general los pedos bulliciosos se quedan en la expresión, pero los callados ¡mama mía! hacen despertar hasta a los muertos. Por esta razón, formo parte del segundo grupo, no deseo publicidad, pero si comunión. ¡No me divulguen ni me reproduzcan!, piensen sin alzar la voz y actúen derecho sin que lo sepa la mano izquierda. Recuerden: un pedo es libre por naturaleza, no ha nacido para ser esclavo de nadie. Quién se considere PEDO, que diga: ¡YO SOY!.

"Lo más fácil es protestar,
lo difícil es construir;
lo inteligente es hablar con razón
y actuar sin hablar."

1.9. El dolor más grande del mundo

El padre de Romax estaba sumamente orgulloso de su familia porque cada uno de sus miembros le había respondido con creces. Su hija mayor se acababa de graduar como secretaria comercial y como había sido una de las mejores de su promoción, de inmediato consiguió trabajo en una empresa internacional en la capital. En adelante, ella sería una preocupación menos y un brazo más que echaría el hombro para sacar adelante a la familia. Como lo había prometido, a ella le tocaba ayudar a Romax a salir adelante con sus estudios, y a éste le tocaría, a su turno, ayudar a su hermana menor y así sucesivamente.

De Romax no podía quejarse porque siempre pudo contar con él para realizar los trabajos eléctricos todos los fines de semana; por esta razón no podía exigirle mucho en sus estudios, ya bastante había hecho con no dejarle ninguna materia. De sus más pequeños tampoco podía pedir mucho, todos sus hijos se habían llevado los primeros lugares en sus grados respectivos y eran los mejores ayudantes en los trabajos eléctricos.

Ese año había salido muy bien en lo económico y el futuro se veía muy prometedor. Cuando hablaba con Romax le decía: "no te preocupes hijo, el próximo año podré darte más dinero para tus gastos". Él sabía de sobra que lo que le daba semanalmente no le alcanzaba para nada y aunque no sabía como éste se las arreglaba para que le saliera exacto, nunca se atrevió a preguntarle nada: quizás por miedo a obtener respuestas que no le gustaría escuchar.

El padre tenía plena confianza en el chico porque éste se lo había ganado, pero sabía también que no era un santo. Romax se había convertido en un muchacho que tenía la cabeza sobre los hombros, muy serio en sus cosas y responsable en lo que se comprometía, aunque según el padre demasiado serio para su edad y extremadamente reservado con sus cosas personales. Una de las principales cualidades del chico era la escucha, no se sabía si era por timidez o por inteligencia.

Su progenitor sabía que le gustaban las mujeres, porque ya lo había encontrado más de alguna vez espiándolas. El tema del sexo opuesto lo había tocado muy poco con él por temor a no traumarlo. Él sabía que pronto le llegaría la edad en la cual el joven siente la necesidad del contacto femenino porque su cuerpo se lo comienza a exigir. El padre esperaba con paciencia ese momento sin dejar de aprovechar la oportunidad para lanzarle algunos desafíos con las jóvenes de su edad, como presionarlo para que dijera lindos piropos.

En el colegio, el chico se había evitado de salir con chicas porque no tenía ni un centavo para invitarlas a tomar un café o al cine, como lo hacían sus amigos de cuarto. Como joven, Romax se sentía un poco mal por no poder hacer lo que la mayoría de ellos hacían a su edad y tampoco podía culpar a su padre porque él sabía muy bien los sacrificios que hacía para reunir los gastos mensuales. Al chico le gustaban tanto las chicas que la única forma que encontró para canalizar sus sentimientos fue a través de los poemas que dormían en las hojas de sus libros. Nadie sabía a ciencia cierta quiénes eran las musas que lo hacían mojarse durante las noches ni las que lo atormentaban con sus coqueterías en el colegio. La historia con la mujer del dueño de la casa pasó bajo la sombra de todo el mundo y su secreto estaba dormido. Solamente él y su intimidad lo sabían. Romax no se hacía mala sangre por eso; conocía sus limitaciones y éstas lo volvían a su realidad cuando por momentos se perdía en su volar.

Romax experimentó un cambio importante en su vida, poco a poco se fue ganando a todo el mundo en el colegio. Sin ser el más popular por algún mérito conocido, en el silencio de sus relaciones se ganó el corazón de muchos. Desde sus nuevos compañeros de cuarto hasta la directora de la institución cayeron bajo su embrujo personal, es decir: su escucha y sus resultados académicos. Ahí descubrió el poder que puede tener un secreto y la necesidad que tienen las personas de confiarse a los demás.

Sus amigos lo apreciaban mucho y sabían que podían contar con él en cualquier situación. Según ellos, Romax aún era virgen y por eso, en son de broma, le prometieron que lo llevarían con las muchachas de la calle para que dejara allí su castidad. El chico para no dar explicaciones de su situación personal y tener la fiesta en paz, les aceptaba la proposición, pero siempre les daba largas al asunto.

La relación entre padre e hijo se reforzó mucho porque su papá se supo adaptar convirtiéndose en su amigo, cosa contraria ocurrió con su madre porque ésta se empeñó en seguirlo viendo como a un niño.

Las conversaciones de hombre a hombre, como le llamaba su padre, se comenzaron a dar con mucha frecuencia entre ambos. El chico comenzó a descubrir otra dimensión de su progenitor y su admiración hacia él creció como la espuma. Claro que este tipo de intimidades trae sus consecuencias positivas y negativas. De ese modo, en una ocasión, cuando Romax y su padre se encontraron solos, como lo hacían cuando éste era más chico, sentados en la arena viendo simplemente correr las aguas del río, tuvieron una conversación muy seria y profunda. Era tiempo de otoño porque los vientos se habían intensificado y los árboles habían comenzado a botar algunas hojas. También las Navidades se acercaban porque los cohetes y silbadores se escuchaban esporádicamente todas las noches, pero sobre todo las posadas habían comenzado a salir a las calles.

Estaban sentados uno al lado del otro sin decir nada. A veces tomaban alguna piedra pequeña y la lanzaban para que hiciera saltos sobre el agua o simplemente para que cayera como una bomba y sacara círculos infinitos que tocaban la orilla. Romax se parecía tanto a su padre físicamente que se diría era una fotocopia de éste.

El padre comenzó hablando como si estuviera solo. "Pienso que la vida ha sido maravillosa conmigo —dijo dejando un pequeña pausa y luego continuó— me ha dado salud, amigos, hermanos y una linda familia. Yo fui casi como un hijo único porque conocí a mis hermanas cuando ellas ya eran mayores; más que hermanas eran casi como mis madres. A pesar de que comprendía su historia, me dolió mucho que no estuvieran cerca de mi madre en sus últimos momentos; ella era tan buena. La muerte de mi madre me dolió más que la de mi padre, creo que por eso me refugié en el alcohol, pero por suerte logré salir de ello a tiempo. ¡Uno no sabe lo que tiene hasta que lo ha perdido!, yo siempre creí que mi madre iba a ser eterna. Por eso la descuidé un poco. Te digo esto para que tú no cometas los mismos errores que cometí yo en mi juventud. Sé que tu madre tiene un carácter de los mil demonios, pero a pesar de eso ella es tu madre y nunca encontrarás a otra como ella. ¡Vaya que tiene un mal carácter y es celosa también! —Se reía como si estuviera viendo a la esposa enojada. No te creas, a veces me ha llevado hasta el límite de mi paciencia: muchas veces pasó por mi mente el separarme de ella, pero al ver todos los momentos bonitos que hemos vivido, todo lo que me ha soportado y apoyado, siempre terminé diciendo que nadie me podría haber dado tanto. Por eso me casé con ella y no con otra, como recompensa a tanto amor que me brindó sin ninguna garantía de mi parte. Uno cuando es joven comete muchos errores y los paga muy caro, hijo. Yo nunca me creí un hombre guapo pero tampoco feo. Las mujeres no se me amontonaron pero de que las he tenido las he tenido, sonreía. "Sé que a ti no te gusta hablar mucho de ellas, espero que te gusten". El chico subía los hombros y decía que sí. Trata de no ser un sinvergüenza en el amor; si una chica te gusta háblale y a ver qué sucede. Si no resulta, significa que no era para ti. Recuerda que tienes hermanas y a nadie le agrada que las traten mal porque son seres humanos como tú. Dicen que la mejor manera es comenzar por ser amigos, aunque ahí hay una trampa. Se puede cometer un error al traspasar la línea divisoria, entonces pierdes a la mujer y a la amiga, pero ese es el precio que se tiene que pagar en el amor. Ojalá que cuando tengas tu pareja puedas respetarla y hablar mucho con ella; es bueno conocer lo que piensa tu media naranja porque ella te va a ayudar a alcanzar todas las metas que te pongas en la vida y tú igualmente debes hacerlo con ella. Hoy en día, la mujer ya no es solo para quedarse en la cocina y cuidar a los hijos. Cada vez más la mujer se prepara, como tu hermana. Entonces, el marido tiene que aprender a hacer los oficios de la casa para ayudarla porque ella también trabaja fuera. A veces cierro mis ojos y trato de imaginar a mis hijos con sus hijos. ¡Ojalá tenga la oportunidad de conocerlos!, —suspiraba muy placidamente.

Recuerda que todo lo que hacemos se nos devuelve con creces. Pero te diré un secreto: yo no te hubiera cambiado por otro, eres tal como quise que fuera mi hijo. ¡Estoy orgulloso de ti! ¿Lo sabes muy bien, verdad? —Le palmeaba la espalda— y sé que lo estaré también el día de mañana. No te pido que seas diferente, trata de ser siempre tu mismo. Nunca des la espalda a tus hermanos. Sigue tus sueños hasta el final; aunque no se realicen como tú lo deseabas, ellos te darán un motivo de lucha en la vida. Da lo mejor de ti en cada momento, no niegues tu mano a alguien que te la pida y, sobre todo, trata de tener fe en el Dios de la vida; es el único que nunca falla".

Romax, que se había quedado escuchando lo que el padre le decía, se le hizo un nudo en la garganta sin saber por qué. Sentía como si su padre se estuviera despidiendo, pero retomó fuerzas y también se puso a hablar de la misma manera en la que lo hacía su padre, se quedó viendo moverse las aguas del río y dijo:

—¡Sé que no he sido un gran hijo, papá! ¡Sé que tengo un carácter explosivo!, sonreía. Un día me dije que me iría de la casa cuando fuera más grande porque mi madre nunca me comprendía y pensaba que no me amaba. ¡Hasta llegué a pensar que no era hijo suyo! Pero un día descubrí que sí me quería y desde ese momento traté de comprenderla. ¿Sabe? en el fondo me siento un ser diferente del resto de la gente, como que vivo una vida distinta a la de las demás. Pareciese que veo otra realidad, mi generación piensa lo opuesto que yo. Mi abuelo siempre me decía que era un ser especial, porque, según él, he cumplido muchas señales que lo hacen a uno mejor que cualquiera. Simplemente porque he realizado unas pequeñas cosas que ni yo mismo pensé que fueran especiales. Han sucedido sin que yo las hubiera buscado. Todavía no sé lo que quiero ser en la vida ni qué es lo que la vida me pide que haga. Lo que si sé es lo que no quiero ser: un ladrón, una mala persona, un asesino o alguien de quien la gente se asuste simplemente al escuchar su nombre. — Dejó un silencio apoderarse de él.

—Yo no sé de qué señales habla tu abuelo, pero sí te sé decir que tú no eres como los demás, y si hay alguien capaz de llegar lejos en la vida, ése, eres tú. Tú lograrás dejar tus huellas en la vida si está en tus deseos. En este momento está en tus manos ser una buena persona o una mala persona. La juventud es el período donde la persona define lo que será en la vida. Sé que te convertirás en un hombre de carácter fuerte, sé que actúas siempre con buenas intenciones y también sé que eres alguien que piensa mucho antes de hablar. Yo te veo como alguien carismático, casi como un artista pero sé que éstos en su mayoría se mueren de hambre y se vuelven famosos hasta que se mueren. Por eso trato de que seas un poco más práctico y lógico, que asegures el pan de cada día y luego que hagas lo que desees con tus sueños. A lo mejor llegarás a ser una de esas eminencias que brillan por sus creaciones. —Sonríe el padre como queriendo imaginarse a su hijo en el futuro. El chico le respondió después de una breve pausa entre los dos.

—Hasta ahora lo único especial que he hecho es tratar de ayudarle. Me encanta cómo ve la vida, parece tan fácil y bonita. —sonríe— Siempre tiene una respuesta para todo, casi nunca me ha levantado la voz y cuando me ha castigado, admito que siempre ha tenido razón. Me gusta la forma como me ha castigado porque siempre me ha mostrado el porqué del castigo. Me gusta que me trate como su mano derecha porque eso me ha dado confianza y me ha hecho sentirme parte de la familia, alguien que puede colaborar. No sé si lograré hacer todo lo que me pide, pero le juro que lo intentaré. ¿Sabe lo que más me agrada de usted? Siempre me ha considerado como a un amigo más que como a un hijo con el cual tiene una responsabilidad. Para mí, usted es mi verdadero amigo, al único que he sido capaz de contarle casi todas mis cosas. Sé que un día usted se morirá y yo lloraré como un niño, pero sólo Dios sabe que todos los días le pido que ese día no llegue muy rápido. Respira profundo y mirando al padre a los ojos, le dice: ¡Cómo estamos hablando entre hombres!, le diré que con relación a las mujeres, éstas me gustan mucho. Si no he tenido novia, es porque no he querido ya que han habido algunas que casi me han suplicado que salga con ellas. Si no lo he hecho, es porque lastimosamente, usted lo sabe muy bien, no he tenido mucho dinero para mí. Me gustaría por lo menos invitarla a un café, una soda, una salida al cine o a comer un helado. No he visitado a las muchachas de la calle porque, lejos de excitarme, me dan lástima. Sé que no es correcto, pero desde que los sueños húmedos comenzaron a aparecer, el deseo solamente me lo he quitado masturbándome, aunque eso lo hago únicamente cuando ya no aguanto más y mi cuerpo me lo exige a gritos. He tenido dos aventuras con mujeres mayores que me han enseñado muchas cosas hermosas sobre cómo tratar a una mujer. En verdad, me encantan las mujeres y sueño con tener a la mía — el chico se quedó callado y evitó mencionar nombres para guardar el secreto de sus divas poniendo en práctica lo que su abuelo le decía: "un secreto sólo es secreto si se queda en la persona".

Al padre de Romax le brillaron los ojos al escuchar a su hijo y se decía en su interior: ¡Mi hijo, a sus quince años, ya es todo un hombre hecho y derecho! Luego se instaló entre los dos un silencio que los llenó de paz. Ambos habían desahogado un sentimiento que necesitaban sacarlo a la luz. Esa conversación quedó grabada en sus corazones como sellada con tinta indeleble para toda la eternidad.

A los tres meses, en el mes de enero, después de las fiestas de fin de año, uno de los ahijados del padre de Romax se iba a casar con una hija de un terrateniente de la Hachadura. Sería la fiesta de fiestas porque tirarían la casa por la ventana. Para esta ocasión, la hermana mayor había invitado a una prima, hija de una de las hermanas del padre, para que conociera la casa y al resto de la familia como justo agradecimiento por el tiempo que pasó estudiando en la casa de la tía.

Cuando llegó el día de la fiesta, toda la familia estaba lista menos su padre porque se quedaría cuidando la casa y al abuelo, que en ese momento vivía con ellos. A Romax, por su parte, le había nacido el deseo de no salir de casa, no sabía si era por su rebeldía o simplemente por estar con su padre. En otras palabras, le había agarrado "papitis". Desde varios días atrás, una apatía personal se había apoderado de su espíritu y se le veía un poco decaído. Él había sido tajante en su decisión y decidió no ir a la fiesta. Cuando el padre le preguntó las razones, simplemente le dijo que se quedaría con él para acompañarlo, pero en el fondo él tenía un deseo inmenso de no apartarse de su progenitor. Un presentimiento le tocaba el alma.

Después de utilizar muchos argumentos, en vano, el profesor aceptó la compañía de su hijo y llegaron al acuerdo de ir juntos a traer a la familia al finalizar la fiesta.

Esa tarde tenía algo especial, como una aurora misteriosa que planeaba en el tiempo. Lo normal parecía demasiado normal según Romax. Casi no se escuchaba ningún ruido en el pueblo, ni las "cinqueras" tocaban las mismas melodías de costumbre; parecía que hasta los borrachos se habían abstenido ese día. El padre sacó las hamacas y junto con el abuelo se acostaron para refrescarse debajo de los palos de mango. Claro que no podía faltar el café con pan, ni los libros. Ahí estuvieron leyendo y contando anécdotas de las cuales Romax era sólo un espectador más. Al caer la tarde, el padre de Romax le advirtió al chico que era la hora de ir a cortar el zacate para los conejos y ponerle agua a los pollos de engorde.

Un poco de mala gana porque la conversación estaba interesante, Romax se dirigió a realizar las actividades que le correspondían. Mientras el chico estaba fuera del hogar, el padre preparó la cena para los tres: frijoles fritos, huevos revueltos, queso, crema, plátanos fritos y una buena taza de café. Éste siempre le decía a su hijo: "el hombre no se hace memos hombre por el hecho de meterse a la cocina; al contrario, el hombre es más hombre cuando reconoce que su pareja es un ser humano como él".

Cuando el chico andaba cortando la comida de los conejos, siempre con su hondilla en mano, vio una manada de tórtolas que comían maicillo sobre un pastizal. Escogió una piedra redonda como una canica y la colocó en su arma de hule; cuando se acercó a la manada, ésta alzó el vuelo espavorida por todos los lados. Romax lanzó una piedra a ciegas y alcanzó a una de ellas, matándola en el acto. La cogió y dijo: "solamente las personas escogidas y especiales pueden hacer esto: matar a un pájaro en el aire", sonrió porque le estaba haciendo burla al abuelo sin saber que estaba confirmando su destino.

En ese lapso, llegó a la casa del chico un sobrino de la mamá de Romax preguntando si alguien de la casa iría a la fiesta porque su familia lo había dejado solo y no encontraba nadie para atravesar la montaña. A esa hora, ya se estaba poniendo oscuro y la montaña se ponía peligrosa.

Cuando éste llegó de cortar el zacate, el padre le ordenó que fuera a dejar a la fiesta a su primo. Él se enojó porque ya habían quedado en un acuerdo y lo estaba rompiendo. Su progenitor le dijo: "cuando alguien necesita un favor y está en nuestras manos hacerlo, no se puede negar. La ayuda al necesitado está por encima de todo acuerdo, regla o ley".

De mala manera se puso ropa limpia y se fue para la fiesta. Cuando llegó al festejo se fue a reportar con su madre y luego se fue a esconder con la gente que estaba dando las bebidas. El deseaba pasar inapercibido; sin saber por qué, se sentía como una sombra sin mucho deseo de ver la luz. Desde ahí, se puso a observar todo el movimiento: los que bailaban, las antiguas parejas, los que intentaban conseguir una, las viejas camarerías y los borrachos que comenzaban a ponerse impertinentes.

A eso de las diez de la noche, su padre llegó por ellos. Éste no quiso entrar para no dar motivos de quedarse más tiempo. Romax que había salido a esperarlo, fue el encargado de ir a avisar a su madre y a sus hermanos; todos querían regresar menos la hermana mayor y la prima que había llegado porque la estaban pasando muy bien en el baile.

Media hora después, toda la familia estaba en la puerta del lugar y algunos amigos y familiares se les unieron para no regresar solos a la frontera que quedaba como a diez kilómetros de distancia. En total era una quincena de personas entre niños, jóvenes y adultos.

Habían caminado unos cien metros cuando un vehículo pick up les dio alcance y paró para ofrecerles un aventón. El joven que conducía era un conocido del lugar. Aunque éste no tenía más de quince años, ya poseía algunos años de experiencia como conductor. En esos lugares era normal comenzar muy temprano a tomar un volante.

El padre conversó unos minutos con el chico y aceptó el favor porque entre fiesteros estaba su sobrina de la capital que no estaba acostumbrada a caminar por las piedras. Romax y su madre no estaban de acuerdo, pero aceptaron al escuchar el argumento.

La invitada y otra prima se subieron a la cabina con el conductor. Los padres de Romax se subieron atrás y se colocaron en la parte delantera del carro, pegados a la cabina para que el viento no los molestara; a su lado estaban los dos hijos más pequeños. Romax, como siempre, por ser el más aventurero, se colocó en la parte trasera porque, por el contrario, le gustaba sentir el aire en su rostro.

Desde que se puso en marcha el carro lo hizo muy brusco y comenzó a correr muy rápido. En la cabina no se sentía el movimiento, pero en la parte de atrás sí. La calle polvorosa y llena de piedras no ayudaba mucho al manejo ni al confort de los pasajeros. La madre de Romax se asustó y dijo: "¡Este chico está corriendo mucho, nos va a matar!", a lo que la mayoría aceptó con la cabeza y se afianzó de donde mejor pudo.

Luego de unos tres kilómetros, llegaron a la carretera pavimentada llamada Carretera Panamericana. Ésta estaba desierta y la tentación de correr para demostrar hombría sedujo al conductor. Éste comenzó a meter la pata al acelerador con mucha emoción. Romax se decía así mismo: "¡Suerte que ya estamos cerca!". El chico veía a todo el mundo porque los tenía frente de él y podía observar el miedo en cada uno de los rostros. Subieron una pequeña cuesta y comenzaron a dar una media vuelta siguiendo una curva muy ancha.

Cuando las luces del pueblo empezaron a aparecer era señal que se estaba llegando a casa, sólo faltaban unos cuantos minutos. El caserío estaba situado al pie de una colina y la cuesta era un poco larga; a su lado derecho, una fila de salones, bares, daban la bienvenida a los visitantes.

Romax, en un gesto de tranquilidad, expresó: "suerte que ya llegamos". Al mismo tiempo, se percató que sobre ellos un manto de estrellas los bañaba con mucha hermosura. En ese instante de éxtasis exclamó: "¡Qué noche más hermosa!".

No había terminado de decir la frase cuando algo sucedió, el vehículo se puso a zigzaguear, la gente comenzó a gritar sin saber por qué, pero presintiendo un final fatal; los padres de Romax se apresuraron a coger entre sus brazos a los más pequeños y Romax simplemente dijo: "¡Señor!" —Se acurrucó en la esquina de la palangana del carro. Se escuchó un frenazo brusco y como si el tiempo se detuviera por un instante, todo se nubló y hasta el silencio pareció tomar su tiempo al ver la escena. Todo parecía como una película que caminaba en cámara lenta.

De repente, Romax, que volaba entre los aires, se percató de que su cara iba a dar contra el suelo y en un reflejo rápido la movió hacia un lado. Esto le permitió girar y no caer directo contra el pavimento. Comenzó a dar vueltas a mil por hora y en su rodar se acordó de que su familia venía en el carro y sobre todo, se recordó de su padre y dijo: "¡Mi papi!" —Puso un freno con los brazos y piernas arrancándose la piel y pedazos de carne. En ese momento, no existía ningún dolor más grande en su ser que la agonía de sus seres queridos. Cuando al fin paró y se puso de pie, pudo observar como algunos cuerpos aún venían dando vueltas y el vehículo estaba patas arriba sobre un alambrado al costado del camino.

Los gritos de llanto y desesperación irrumpieron bruscamente, él se puso a levantar a los heridos, entre ellos a sus hermanos menores que estaban bañados en sangre. De pronto, vio de espaldas a una mujer en medio de la calle y dijo: "¡Pobre! ¡Es la amiga de mi mamá, no se salvó!"

La imagen de su padre lo interpeló y éste se puso a buscarlo con desesperación; a lo lejos, vio cómo su hermana mayor lo tenía entre sus brazos y lloraba deteniéndole la cabeza. Su corazón dio un estruendo muy fuerte y su respiración se detuvo por unos instantes. "¡Mi padre no, por favor, mi padre no!" —Exclamó y corrió a su lado.

La hermana mayor al verlo llegar, con las lágrimas en los ojos le dijo: "¡Romax mi papi se está muriendo: corre a pedir ayuda por favor!" Éste se levantó sin decir nada y se dijo: "el puesto de teléfono del pueblo". La gente que estaba en los salones había quedado inerte ante tal percance, y Romax al ver que no hacían nada comenzó a gritar: "¡Qué no ven que necesitamos ayuda! ¡Ayúdennos!". Ese grito pareció despertar a las personas para que se precipitaran a atender a los heridos.

En su desesperación, el joven corría y sentía que no avanzaba. En su interior se negaba a aceptar lo ocurrido y pensó que a lo mejor era un mal sueño. Se tranquilizó y con calma, mientras corría, trató de despertarse, pero no pudo. La gente curiosa que lo interceptaba le preguntaba sobre la identidad de las victimas y este muy respetuosos les respondía que se trataba de su familia. Al llegar a la estación de telecomunicaciones llamada " ANTEL" para pedir una ambulancia a la ciudad más cercana, Sonsonate, hizo todo lo posible por despertar a sus habitantes.

Entre dormidos y despiertos los telegrafistas pidieron la ambulancia. El chico, por su parte, regresó de inmediato a la escena del accidente. En el lugar, un buen samaritano había puesto su vehículo a disposición y estaban subiendo a los heridos. Romax llegó justo en el momento que se disponían a partir y de un salto se subió para unirse a la caravana de enfermos.

Con el corazón en la mano, sus familiares a los pies y su oración de suplica emprendieron la caminata por un desierto de hormigón y piedra en busca de un poco de amor por los heridos. Cada vehículo que encontraban era una esperanza que nacía y una que moría al instante mismo de darse cuenta que no era la tan ansiada ambulancia.

En el camino, Romax se dio cuenta de que solamente su hermana mayor y él eran los menos dañados; además, supo por su hermana que la que había muerto no era la amiga de la familia sino su propia madre. Esto dio un golpe muy duro al chico porque se recriminó el hecho de no haberla reconocido y prestarle la ayuda necesaria.

Todos sus hermanos menores iban muy mal; Romax inclusive se quitó su camisa empapada en sangre y se la puso de cabecera a su hermana menor porque cada vez que el vehículo saltaba, ésta se quejaba. Los hermanos menores habían caído en un estado de inconciencia total; la sangre les salía de la cabeza y los pusieron casi sentados para que ésta se detuviera. También el chofer del vehículo iba junto a ellos y Romax, al verlo inconciente, pensó que se había muerto. Sin quererlo, deseó que fuera verdad. Su hermana mayor llevaba a su padre entre sus brazos, sus lágrimas salían como un río incontenible. Ella le sostenía la cabeza en sus piernas y con su mano le detenía un golpe que tenía en la cabeza, cerca de la oreja. Una materia blanca se le quería salir del oído. La chica miraba a su hermano menor y le decía: "¡Se nos está muriendo y la ambulancia no llega!". Romax sentía cada palabra de la chica como puñaladas en su corazón porque quizás era su culpa; él se decía que a lo mejor no había dado muy bien las indicaciones y no esperó para ver que en verdad llamaran al hospital.

Él veía las luces de los carros y expresaba en silencio: "¡Que sea esa la ambulancia!" Inclusive, el vehículo en el cual iban disminuía su velocidad para ver si era el carro del hospital. El cielo seguía muy estrellado y tanta belleza ofendía al chico, porque hacía más grande su dolor y su desesperación.

Después de dos interminables horas de camino, en el centro hospitalario, Romax pidió que se atendiera primero a su padre. Los heridos comenzaron a acostarse en distintas camillas y llevados a distintas salas. El médico de turno comenzó a dar los primeros auxilios al padre del chico y, mientras lo atendían, Romax observaba la escena muy cerca; una enfermera tomó a Romax de un brazo y a la fuerza lo arrancó del lugar donde estaba su padre. El chico no deseaba alejarse del lugar y justo cuando lo empujaban fuera de ahí, logró ver que el médico hacía con el rostro gestos de incapacidad. Romax se negaba a aceptar que su padre se muriera y decía: "¡Dios no puede ser tan malo!" Se negaba a creer que se dieran por vencidos tan fácilmente con su padre y gritó: "¡Por favor, no lo dejen morir!" La enfermera, para calmarlo, le dijo:

"¡Tranquilo, tu padre se salvará! Estas palabras parecieron convencerlo y se dejó llevar. Mientras recorrían un corredor del hospital, vio en una habitación un crucifijo en la pared y dijo en su interior: "¡Por favor! no te lo lleves. Es el único que nos queda porque mi mami ya se fue".

A regañadientes aceptó que lo colocaran en una cama pequeña, cómo no habían muchas disponibles tuvo que compartirla con otro chico. Hasta ese momento se dio cuenta que también estaba herido, su pierna y su brazo derecho estaba en carne viva por lo que su pantalón se había pegado a la piel. La temperatura comenzó a subirle y su cuerpo dio signos de deterioro, pero aún así no le dio importancia porque él sabía que toda su familia estaba en peores condiciones.

Habían como veinte camillas repartidas por mitad en lo largo del pasillo blanco, casi todas tenían dos ocupantes, salvo una en donde estaba un tipo que no cesaba de dar gritos espeluznantes que ponía la piel de gallina y brotar un deseo de salir corriendo del lugar. Las luces amarillas de los focos daban un aire misterios y fúnebre al lugar, algunos enfermos se quejaban con mucho sentimiento y los pasos de las enfermeras resonaban en la distancia. A fuera del lugar, los grillos cantaban con voz penetrante escondidos en los jardines y la sonoridad del ronco cantar de las ranas parecía armonizarse en una melodía de entierro. Nada para motivar a los presentes.

Romax que se esforzaba por despertar de la pesadilla en la cual estaba, no lograba encontrar una respuesta lógica a su problema. " ¡No es posible, no puede ser cierto!", se decía. Su pensamiento no aceptaba lo que había visto y exclamaba: "¡Esta es una pesadilla! ¡No me gusta! ¡Me quiero despertar!". Lo repetía muchas veces, se pellizcaba, se mordía, se golpeaba la cabeza, pero la situación no cambiaba.

Al buen rato, los gritos del enfermo que tenía como a cinco camas de distancia lo sacaban de sus casillas porque parecían gritos de angustia que arañaban el alma, como alguien que lucha entre la vida y la muerte. Éste se decía a sí mismo: "¿Por qué no lo callan? ¿Por qué no se muere él y no mi padre? ¡No, no debo pensar así; a mi padre no le gustaría eso! ¡Perdón!" Unas lágrimas de cólera e impotencia comenzaron a brotar de sus ojos, pero secándoselas se dijo: "con llorar no arreglarás nada, cálmate porque los tuyos te necesitan, eres el único que ha salido ileso". Respiró profundo y su llorar se cortó de inmediato.

Toda la noche la pasó en ese estilo y a eso de las cinco de la mañana, se dijo: "una simple raspadura no me va a detener, yo tengo que ver a mi padre y buscar a mis hermanos" Como ni siquiera le habían quitado la ropa, simplemente se puso una camisa blanca que estaba sobre una camilla, a los pies de un enfermo que dormía cerca de él, porque la de él se la había dado a su hermana menor.

Cuando pasó cerca del enfermó que gritaba vio que la persona que estaba allí estaba desfigurada, parecía un monstruo y se avergonzó de sus malos pensamientos anteriores. Durante una hora deambuló por el hospital en busca de sus familiares y no los encontró. Se sentó en una banca de un jardín decepcionado, sintiéndose incapaz e inútil. Se sentía perdido, desorientado y con un dolor en el alma que le quemaba el cuerpo, un deseo de salir corriendo y gritar con todas sus fuerzas le invadía el espíritu, pero al mismo tiempo se decía que no podía abandonarlos.

Fue allí que el director de la escuela, donde trabajaba el padre, lo encontró. Él iba junto con un primo suyo. Lo primero que le dijeron fue: " ¡Romax te estábamos buscando! ¡Eres el único que ha quedado bien de la familia! ¡Tus hermanos están muy delicados! Necesitamos a alguien de la familia para arreglar unos papeles.

—¿Dónde están? ¿Y mi papi? —Preguntó angustiado.

El director al verlo le dijo tratando de calmarlo:

—¡Todos están en distintas salas! Tus hermanos menores están muy graves, están inconcientes y temen por sus vidas. Tus hermanas están fuera de peligro, pero las han sedado para que se recuperen.

—¿Y mi papi?, preguntó deseoso de saber y no saber la respuesta.

—¡De él necesitamos hablarte! Creyendo que él chico ya lo sabía, agregó: ¡Necesitamos ir a la morgue para que reconozcas a tu padre! No había terminado de decir la frase cuando sintió que caía en un vacío profundo e incesante. La vista pareció nublársele y se agachó para fijar su mirada en el suelo.

—¡Entonces era verdad! Se dijo. Mi padre se murió. Dios no me escuchó.

Nadie supo darle una palabra de aliento y un silencio se apoderó del momento. Habían quedado solos. Se sentía enojado, culpable, pequeño y miserable. Para colmo, en su caer se le aparecía la mentada mariposa azul del abuelo. Con un enojo y rencor la alejó de su lado, no la quería ver porque no aceptaba el significado de su presencia en su vida. No deseaba ser ni sentirse especial en ese momento. Deseaba llorar pero no podía; sus lágrimas deseaban salir pero sus ojos se negaban a dejarlas escapar;

cerraba y abría sus parpados para tratar de llamarlas, pero no sucedía nada.

Aunque no lloraba por fuera, por dentro eran ríos los que corrían sin destino ni dirección. Respiró profundo, se puso de pie y comenzó a caminar rumbo a la morgue. Caminaba como un autómata, como un zombi. El director le ponía un brazo sobre su hombro sin decir nada y su primo los seguía calladamente.

Romax se consumía poco a poco en su interior, buscaba respuesta y no encontraba nada, deseaba despertar y no lo lograba, gritaba por dentro y sus palabras lo traicionaban, lloraba desconsoladamente y nadie lo consolaba. Sintió un odio por estar vivo y deseó de todo corazón cambiar de lugar con su padre, pero por más que lo anheló, la vida le tenía preparado otras sorpresas y quería que siguiera vivo.

"Ama y déjate amar;
no esperes hasta mañana
para demostrar tu amor."

1.10.   Detenido en el tiempo

El tiempo se había detenido para Romax: las ideas, las palabras y las imágenes volaban alborotadas por su mente. No había marcha atrás, el destino ya había marcado su punto y aparte. A sus quince años cumplidos, sobre sus hombros se posaba una carga enorme. A él le tocaba decidir si la toma y continua haciéndole frente o simplemente la descarga, la dejaba a un costado y esperaba que otro tomase su lugar.

Las palabras de su padre y de su madre tomaban vida por un momento. Su padre le decía: "tú eres el mayor de mis hijos y en ti confío a tus hermanos." "Tú puedes ser más que yo; en ti está la decisión de ir más lejos." "Solo llegarás lejos pero triste, en cambio juntos pueden llegar hasta donde la imaginación los lleve y verás que las penas son menos pesadas porque la unión hace la fuerza." Por el contrario, su madre le decía: "tú eres el caite de Judas, tú matarás a mis hijos cuando yo me muera." "Antes de querer vencer al mundo, tienes que vencer a tus demonios, tu carácter te traerá muchos problemas, y sólo tú puedes dominarlo." "Eres candil de la calle y oscuridad de tu casa, trata de ser luz para los tuyos y alumbrarás la calle." "Nadie puede dar lo que no tiene y tú tienes dentro de ti una piedra preciosa, sólo hay que quitarle la tierra que la envuelve para descubrirla."

De toda la familia, fue el único que casi salió ileso del accidente. Sufrió una raspadura que le llevó la piel de todo su brazo derecho por un costado, la piel de una de sus piernas y algunos golpes en su cuerpo. Sus dos hermanos menores estaban casi al borde de la muerte. Romax, que se encontraba confundido en su sueño que no tenía fin, trataba de ordenar sus ideas. ¿Por dónde comenzar? ¿Qué hacer? ¿A quién acudir? Eran preguntas sin contestación que flotaban como globos fosforescentes en su mente. "¡Cómo desearía que mi padre estuviera aquí! ¡Él sabría como aconsejarme!" —Se decía muy a menudo como suplicando al cielo una respuesta a tantas dudas.

La vida se había ensañado con Romax y sus hermanos. De ahora en adelante comenzaba una nueva historia que escribir y ésta se redactará según los principios que sus padres habían sembrado en el poco tiempo que estuvieron juntos.

El abuelo de Romax siempre aseguró que el chico había sido elegido y preparado para ser alguien especial en esta vida. Hoy comenzaba una nueva etapa y sería solamente él quien podrá decidir el camino a seguir y si éste lo llevaría a ser la persona especial que las señales del tiempo habían mostrado. "Todos somos especiales de algún modo, pero solo aquel que acepta el reto logra sobresalir del resto del mundo", argumentaba el abuelo.

En su agonía aplastante, Romax le decía a su madre: "¡Mami, yo no soy un mal hijo, te lo demostraré!" Y a su padre le confirmaba diciéndole: "no te preocupes, papi, verás que no te fallaré, trataré de ser un mejor hermano: seré para ellos un guía, un ejemplo a seguir; sacaré una carrera universitaria y siempre lucharé por mantenernos unidos."

Uno no sabe cuándo, cómo y dónde termina su caminar por esta vida. En ese momento, Romax comprendía todo el amor, el cariño y la amistad que le había brindado su padre. Parecía como si hubiera sabido que moriría pronto, por eso tanta formación, tanto empeño en sembrar principios de vida, en prepararlo para un mañana inmediato.

En Romax se hacía realidad el dicho: "uno no sabe lo que tiene hasta que lo ha perdido". En ese instante, se daba cuenta del valor que tenía una madre, pues ya no había quien se preocupara por él, quien los cuidara. Su padre decía que tenían el mismo carácter que ella, por eso no se comprendían y chocaban. Romax sabía que no odiaba a su madre y que por el contrario, le tenía un inmenso amor. Y ese era uno de los reproches que se hacía. Las flores tendría que llevárselas al cementerio y las bellas palabras el viento las robaría. El tiempo diría si las semillas eran buenas y si habían caído en buena tierra; sólo el tiempo tendría la última palabra para decidir si Romax era un árbol de buenos frutos o si servía solamente para leña que ardiera en el fuego. Sólo el tiempo diría si las palabras de su madre servirían para motivar o desmotivar la personalidad del chico: "tú eres el caite de Judas".

FIN

"La muerte no es un adiós, es un hasta pronto"

EPILOGO

Una historia a compartir

La vida solamente se comprende después de haber caminado una larga distancia y al final nos damos cuenta de que somos el fruto de nuestra propia historia; de que actuamos según los principios que nos rigen; de que somos lo que hemos querido ser, conciente o inconscientemente; de que la mayoría de las veces hacemos lo que odiamos hacer y no hacemos lo que nos gustaría hacer; de que nuestro orgullo muchas veces sobrepasa las fronteras; de que la verdad se viste de pordiosero y la mentira de dominguero; de que no es justo imponer secretos que nosotros mismos somos incapaces de guardar; de que nuestros actos, buenos y malos, siempre tienen consecuencias que se multiplican; de que muchas veces cargamos la cruz de los demás, sin necesidad.

Cada vida es una historia a compartir, un poema de amor a eternizar, una oportunidad de mejorar un pasado, una consecuencia de la perfección del tiempo. Cada uno traemos riquezas y bondades a ofrecer, sueños e ilusiones a perseguir; caminos y senderos a descubrir, montañas y desiertos que pasar; días y noches a deshojar. Somos una estrella en la inmensidad de las estrellas y nuestra luz brillará según el fuego que habite en nuestro interior; somos una obra de arte de la cual el autor está orgulloso de su creación porque aunque existan otras parecidas, nadie se nos puede comparar. Somos únicos, pero al mismo tiempo no estamos solos en este mundo porque compartimos espacio en el lienzo sagrado con otras obras; hablo de nuestros semejantes, las plantas, animales y peces. En otras palabras, somos parte la perfección de la naturaleza y en la realeza de tener una opinión podemos cambiar de posición.

Tenemos que ser conscientes de que existe un ser que nos ha creado, a él le llamamos "Dios", que puede ser el Dios de nuestros padres o aquel que hemos conocido por amor. El Dios de la creación no es malo, porque solamente aquel que es capaz de crear cosas bellas es el que tiene amor en su interior. Por ese simple hecho, haber tenido la oportunidad de formar parte de esta maravilla que llamamos universo es justo rendirle tributo y darle gracias, como decía Jesús: "hay que darle al Cesar lo que es del Cesar y a Dios lo que es de Dios".

Somos libres desde antes de nacer y es la sociedad quien nos pone cadenas en nuestro existir porque el egoísmo humano busca siempre su conveniencia. Todos somos libres de elegir el camino a seguir, teniendo en cuenta de que nuestra libertad no depende de la represión de la libertad de los demás.

En la historia de cada uno hay muchos que han llegado para dar una mano, otros para estar un rato; algunos para caminar un tramo de la ruta y otros para ser mis compañeros de un camino. Todos llegamos y aparecemos para aprender y enseñar algo; para ayudar a pasar un desierto, para ser peldaño de una escalera; para ser una escalera de muchos peldaños. El amor es el hilo que nos conduce por el sendero de la luz, nos ayuda a perdonar los errores cometidos; a amarnos de verdad para poder amar a los demás, a sentir la pena y el dolor de nuestros semejantes por pequeña o grande que ésta sea. A luchar a pesar de no tener fuerzas ni posibilidades de vencer; a creer que todo es posible, si se ama de verdad; a amar sin medida, ni final.

En algún momento de nuestra carretera tenemos que volver a comenzar de cero quizás porque la vida se ha dado cuenta de que nuestro camino se ha desviado de nuestro destino; quizás porque no hemos aprendido la lección que teníamos que aprender y perfeccionar; porque hay alguien o algo que tenemos que ayudar o que tiene que ayudarnos. Cada cosa, cada persona, cada situación, al final de cuentas se confabulan para realizar tu vocación en la vida. Y una vocación no es más que el verdadero sentido de nuestro pasar en este mundo. En ella, la persona se ve realizada. En ella, la persona se siente cómoda y feliz. En ella, Dios se hace vida para el bien de los demás. Nadie puede huir de su destino, nadie puede escapar por la eternidad; nadie puede vencer la muerte, si no lo hace por amor a los demás. Somos seres que nacemos, vivimos y morimos. Tenemos alma, que es el cuerpo de Dios; y espíritu, que es el vino del vivir.

Romax es la expresión de una vida que solamente ha sido comprendida después de tanto caminar. Es la historia de un hombre común como la de cualquiera, no mejor ni peor que las demás. Cada persona tiene una linda historia de amor a compartir y dejar para la posteridad. En esta obra, detrás de cada canción, hay una historia; de cada poema, un amor; de cada cuento, una realidad escondida; de cada fábula, una lección a compartir; de cada carta, una reflexión a meditar, de cada mariposa, una espina menos en el espíritu y una estrella más en el cielo del amor.

Todos somos en algún momento de nuestra vida "un caite de Judas", por nuestras travesuras de niños; todos tenemos la necesidad en algún momento de nuestro existir, de "mariposas de papel" para echarlas a volar y ver como brillan en la eternidad, que no es otra cosa que la expresión de la juventud; todos nos convertimos en "hombres de corazón", cuando encontramos el verdadero sentido de nuestra vivir a través del amor de Dios y llegamos a la edad adulta.

El padre de Romax una vez le dijo: "cuando llegues a comprender que el principio es el final, y el final el principio, habrás encontrado la verdadera libertad de la vida". Al prepararse para poner el punto final de su obra, Romax comprendía que solamente comenzaba el camino hacia una nueva aventura.

"Un sueño es como una mariposa:
libre, aventurera y hermosa.
Es una frágil moza
que te seduce a distancia
y te enloquece con su fragancia.
Es como un horizonte:
te llama, te enamora y te suplica;
te espera, te guía y te implica;
te besa en los labios y en la frente.
Es fiel, perenne y duradero;
sutil, reservado y valiente;
un rebelde con causa prisionero.

Recuerda…los sueños nunca mueren."

Robert Maximiliam

"Breve descripción del autor"

Robert Maximiliam,

Seudónimo de Herbert Roberto Lemus Rivera, salvadoreño de nacimiento y canadiense por opción personal. Vivió en El Salvador hasta comienzos de los años noventa y tuvo que emigrar, como muchos compatriotas, por causa de la guerra civil. Canadá le abrió sus brazos para ofrecerle una nueva oportunidad de encontrar la paz tan añorada, su fe perdida y su vocación de escritor.

Su quehacer literario comienza a la edad de quince años, bajo la sombra del dolor de la pérdida de sus padres. Su inquietud de niño travieso se transforma en silencio bohemio de una juventud perdida. La necesidad de sacar de su alma las tristezas y alegrías, lo vuelcan a buscar un instrumento de expresión personal por donde pueda dar rienda suelta, en toda libertad, a su naciente romanticismo. La escritura nace, entonces, como la solución ideal que va forjando la personalidad literaria del autor.

Robert Maximiliam, además de incursionar en el género de la novela lo hace de igual manera en el cuento, la poesía, la fábula, la canción y las cartas abiertas.

ROMAX, una historia de amor. Es en sí, un extracto de varias obras resumidas en un solo volumen. Ahí aparece "El caite de Judas", "Mariposas de papel' y "Un hombre de corazón". Esta obra es solamente el sombrero con el cual el escritor saluda al mundo literario, sus treinta años vividos bajo el embrujo de las palabras guardan mariposas que esperan su turno para lanzarse a volar.

OTRAS OBRAS DE LA COLECCIÓN

MARIPOSAS DE PAPEL
UN HOMBRE DE CORAZON